KB138002

밤이
별빛에
마음을
찐다

김영곤 작품집

달빛에 마음을 얹다

초판 발행 2020년 4월 28일
지은이 김영곤
펴낸이 안창현 **펴낸곳** 코드미디어
북 디자인 Micky Ahn
교정 교열 최기주
등록 2001년 3월 7일
등록번호 제 25100-2001-5호
주소 서울시 은평구 갈현로 318-1 1층
전화 02-6326-1402 **팩스** 02-388-1302
전자우편 codmedia@codmedia.com

ISBN 979-11-89690-29-8 03810

정가 12,000원

본 도서는 충청남도, 충남문화재단 의 후원으로 발간되었습니다.

김영곤 작품집

밤이
별빛에
마음을
찐다

김 영 곤

사과처럼 가만히 앉아 있으시오*

사과 한 알을 깎고 있다

사과의 피가 흐르고 있습니까 아직도 사과의 바깥입니까
밀어내고 있다
매순간 사과에게로 떠나지만

별 모양의 씨방이 펼쳐진다

사과처럼 앉아 있는 당신은
사과가 아니다 그 사과는 언제나 시간의 맨 앞에 있다
그 사과에 닿으려고 할 때마다
활시위를 당기는 듯 짜릿한 야성의 맛

당신은 야생사과처럼 뿌리깊게 앉아 있다
비탈을 꽉 쥐고 있는
나를 향해 손을 뻗고 있다
툭 튀어나올 듯,
칼날처럼 아름다운 별빛으로

---

* 화가 세잔이 초상화를 그릴 때 볼라르에게 했던 말.

– 김영곤 시집 『둥근 바깥』 중에서

1부   밤이 별빛에 마음을 쬐다

작가의 말 · 4

터널, 낙타 그림자   2부

3부 　　　 못 하나 견디지 못하나

봄바람이 분다 꽃피워야겠다　　　　4부

나는 누군가에게 기다려지는 소중한 인연으로 머물고 싶다.
내 이름만 들어도 반가워지고 내 공연만 보아도 가슴이 훤해지면 좋겠다.
수많은 별무리에서 내가 보이지 않아도,
어린이들이 나를 찾느라고 수많은 별들을 사랑하게 되었으면 좋겠다.

－「라이프 온 B612」중에서

1부

밤이 별빛에 마음을 �췬다

✦

밤이 별빛에 마음을 쬔다

"제가 여러분에게 줄 선물로 우주에서 별을 따왔어요."

아이들은 의심을 넘어서 엉터리라는 반응을 화살처럼 쏘아댄다. 나는 티슈 한 장을 꺼내며 이것이 바로 '별'이라고 말한다. 객석에는 그걸 누가 믿겠느냐는 표정들이 얼굴마다 넘실거린다. 그런데 티슈를 몇 번 접고 한 번 도려낸 후에 다시 펼쳐 보이면, 진짜 별 모양의 조각이 나온다. 하지만 아이들은 휴지이기 때문에 별이 아니라고 반박한다.

"여러분. 이 별이 아직 가짜로 보이지요? 이 별을 진짜 별로 태어나게 해주는 오리온 별자리 공장도 우주에서 따왔어요."

지갑을 꺼낸다. 이건 지갑이 아니라 '별 만드는 공장'이라고 했지만, 당연히 아무도 믿지 않는다. 지갑 속에 휴지별을 넣고 불에 태운다. 곧바로 노란 고무줄을 꺼내며 별이 되었다고 선언한다. 이제는 몇몇 아이들이 실망한 눈치까지 보인다. 어떤 아이는 시시하다는 듯이 찌푸리기까지 한다.

하지만 나는 비난 받을 지경에 이르는 과정을 기꺼이 반긴다. 맹렬히 저항받을수록 더 설렌다. 무엇이 나를 이토록 두근거리게 하는 것일까. 이미 알고 있기 때문이다. 더 이상 희망을 기대할 수 없는 지경에 가까울수록 그만큼의 놀라운 반전이 팽팽히 기다리고 있다는 사실을. 어둠이 가장 깊을 때의 별들이 가장 눈부시게 진하고 경이롭지 않은가.

"내가 커서 진짜 별처럼 빛나고 훌륭한 사람이 되고 싶은 사람만, 다 같이 '별이 되어라!'라고 외치세요. 준비, 시작!"

거의 모든 아이들이 망설임 없이 외친다. 누구나 한 번쯤은 별이 되고 싶으니까. 하나

둘셋! 순식간에 고무줄이 진짜 별 모양으로 변신한다. 모두가 맨눈으로 지켜보고 있던 고무줄이 별로 바뀌는 반전의 순간, 기적 같은 바로 이 순간, 감탄사를 잔뜩 머금은 눈빛들이 별빛처럼 수놓아진다. 모두가 잠시나마 마법같이 등장한 별에 마음을 쬔다.

진짜 별을 찾아가는 과정, 어쩌면 이것이 진정한 나를 찾아가는 경로가 아닐까.

우리는 무한한 관계의 궤도 속에서 나를 자주 놓치고 만다. 진짜보다 더 진짜 같은 가짜별이 우리 주변에 너무 많기 때문이다. 현실로 착각되는 그림, 사물로 착각되는 사상들에 휩쓸려서 내가 어두워진다. 오히려 가짜를 중심으로 내가 빙빙 겉도는 느낌이다. 내가 진짜 누구인지, 심지어 사람들의 무늬가 진짜인지 가짜인지조차 모호해진다. 한 사람을 두고서도 보수 측과 진보 측 사람들의 평가는 극과 극을 달린다. 얼마나 확고한 신념으로 주장하던지 반론은커녕 차라리 묵묵히 듣고만 있는 게 상책이다.

별이 빛나는 밤을 꿈꾼다면 밤을 두려워해서는 안 된다. 어둠 없이는 빛이 인식될 수 없다. 밤이 별빛 마음을 제일 많이 만진다.

티슈 한 장의 섬우주 속에서 보이지 않던 나의 존재감을 발견해나가는 것. 너는 휴지 같은 가짜일 뿐이라는 비난과 혐오에 나를 과녁으로 기꺼이 내어 주는 것. 불타는 시련과 고통으로 심신을 담금질하는 것. 시간이 걸린다 해도 적막으로 버티는 것. 마침내 반전! 불가능의 한계를 부수고 진정한 별 하나로 오롯이 도약하며 떠오른다. 이젠 밤이 나를 쬐며 빛을 받아쓴다.

✦

폐허 위에 생의 무대 세우기

오랜만에 강적(?)을 만났다. 넓은 체육관에 모인 유치원생과 초딩들.
어찌나 산만하던지 분위기가 잡히지 않았다.
그러나 이러한 순간은
나의 잠재적인 기량을 확인하고 업데이트시킬 수 있는 기회이다.
오늘 아침은 차 안의 물병이 꽁꽁 얼어붙은 날씨였지만
나의 전선은 이상 없었다.
산만할 때, 산만 한 집중력으로 끌어올리는 순간
태산을 넘어서는 희열이 있다.
오늘은 이 계절에 없는 나를 잠깐 넘어서는 날이었다.

거룩한 욕심.

○○두 동강 난 눈사람을 본다. 사람이었던 흔적을 지우고 있는 눈.
○○벌목되어 쌓인 나무들을 본다. 노동자였던 기억을 말리고 있는 나무.
지워지기 전에
벌목되기 전에
사라지기 전에
나를, 점점 **빠르게** 연주해보기로 했다.

텅 빈 공간을 공연 무대로 변신시키는 건 1시간이면 족하다.

누군가의 가슴에 들어갔다 나오는 것도 1시간이면 족하다.

그리고 30분이면 족하다.

나의 무대를 내 손으로 철거하는 것.

어디론가 다음 무대를 위해 반드시 떠나야 한다는 것.

어쩌면 생의 무대도 1년이면 족하다.

폐허 같은 들판을 꽃들의 무대로 부활시키는 건 모두 내 의지에 달렸다.

✦

내 존재는 안녕하지 않다

공연장 가는 아침. 8시인데도 날씨가 찌뿌둥하다.
미세먼지 나쁨. 날씨, 그래, 미세먼지 많은 날씨다.
매 순간 날씨는 나에게로 너에게로 분다.
날씨, 그래, 맞아 맞아.
사람과 사람 사이에는 끝없는 날씨가 분다.

어린이집, 기록상, 여긴 두 번째 공연하는 곳이라서
두 번째 방문 때 하는 공연을 준비 완료.
원장님께 그냥 슬쩍 "오늘이 두 번째 방문 맞죠?" 했더니,
오마이갓! 아니란다. 세 번째라니….
다이어리 기록에 작년 1월만 기록, 7월이 누락.
도대체 왜 7월 공연 기록이 감쪽같이 사라져 있을까.
내 존재는 1월에만 있고 7월에는 없다.

미세먼지에 완전 가려져 버린 것일까.
순식간에 내리치는 천둥번개 날씨.
틈만 나면 대기 불안정한 생.
내 존재는 안녕하지 않다.
나는 종종 뒤돌아보며 말한다.

"내가 왜 여기에 없지?"

오랜 경험이 빠르게 나를 건진다.
그동안 격하게 쓰러진 경험들은 오늘의 위기를 위해서였다.
후다닥 세 번째 마술 도구로 체인지 완료.
재미있었다는 아이들 반응을 기대하며 무사히 마친다.

✦

맹렬한 어둠과 별빛

부천두리유치원.
해마다 공연하는 곳이라 이번엔 특별한 고급 마술 도구 두 개, 추가 준비.
그러나 어쩌나, 그 두 개만 쏙 빼놓고 마쳤다.
무대 위에 버젓이 연주 차례를 기다리다가
쓸쓸히 퇴장당하는 것들, 사람들,
뒤돌아보는 침묵의 시선들이
텅 빈 객석에 맹렬하다.

서울 출발, 의정부–동두천 지나 연천 전곡초교 체육관에 도착하는데
두 시간이나 걸렸다. 나의 시간 계산 착오로,
컵 스카우트 어린이 40명이
1시간 반이나 더 기다리며 불평 없이 무더운 체육관에서 대기하고 있었다!
이미 마쳐야 할 시간인데도 박수소리와 함께 공연은 올려졌고
순하디순한 아이들은 보석 같은 눈망울과 무공해 미소로 앵콜을 계속 외쳐주었다.
오늘은 내가, 감동의 공연을 본 것이다!
아이들아, 너희들의 이토록 가슴 뭉클한 공연,
최고였어– 반드시 별이 되고 빛이 될 거야.

✦

집은 결코 사람을 버리지 않는다

오늘 재능기부의 날.

천안시 목천읍에 있는 사랑과 평화의 집은

11명의 여성 지적 장애인 그룹홈.

어린이 시설은 많이 익숙하지만, 성인만 계신 곳은 처음.

50분을 잘 버틸 수 있을까 살짝 염려가 왔다가 휘리릭….

천안에 살기 시작한 지 10년째,

독립기념관이 있는 목천읍을 자주 지나다녔지만, 처음으로 가본 나지막한 산속 풍경.

우측 길 300m만 가면 도착지인데

좌측 길에 일곱 분의 여성들이 차도를 응시하고 있었다.

누군가를 기다리고 있었다. 꼼짝하지도 않은 채.

겨울나무 잎새들이 떠나지 못하고 있었다. 기다림으로 바싹 비틀어지고 있었다.

갈대들이 봄기운에 흔들리고 있었다.

주름살투성이 폐가. 가끔씩 내 몸 같은.

어쩌나 움푹 까마득해 보이던지 내 눈이 휘청거렸다.

집은 결코 사람을 버리지 않는데….

기다림에 지쳤는지 뼈 몇 개가 쓰러져 있었다.

회오리치는 고목, 시커먼 피부. 공터조차 마른 칡넝쿨이 점령해 있었다.

30분간의 산책이 끝날 무렵,

저 멀리 아직 저 여성분들이 바깥 도로를 응시하고 있었다.

한 달에 한 번, 한 시간 다녀가는 봉사자들을 기다리고 있는 게 틀림없었다.

무엇이 그녀들을 이토록 망부석으로 견디게 하는가.

이곳 산속에 오면 누구나 그리움을 지어먹고 살아가게 된다.

15여 명의 봉사자들, 여성분들과 1 대 1 둥글게 짝지어 율동,

금세 마치고 나의 매직쇼 출동.

50분간의 매직쇼를 마치자 참으로 오랜만에 느끼는 뭉클함이 내게로 와주었다.

극히 가끔씩 신 내린 말들을 내뱉는 순간들이 온다.

그때는 내가 아닌 내가 각성하는 순간인데 다행히도 오늘이었다.

50분 내내 스펀지처럼 흡수해주시는 유치원생 같으신 여성분들.

나도 모르게 내뱉은 말들을 정리해보자면….

여러분도 꽃이지요? (네)

자, 따라 해보세요

나는 꽃이야. (나는 꽃이야)

너 참 예쁘다. (너 참 예쁘다)

얼마나 순수하게 정감있게 따라 하면서 제 몸을 쓰담쓰담하시던지

지금 생각해보니

그 말이 제일 듣고 싶었겠구나. 그 말을 제일 들려주고 싶었겠구나.

꽃하고 이야기 나눠본 적 있으세요? (아니요)

세상에나 세상에나 여기 산속에 꽃들이 많이 필 텐데

여태껏 꽃하고 이야기 안 나누고 뭐 하셨어요? (까르르)

저는 꽃하고 대화할 수 있어요. 어린왕자라서요. ㅋㅋ.
여러분도 꽃하고 이야기 나눌 수 있어요. 여러분이 꽃이니까요.
꽃이 꽃이랑 대화해줘야지, 그냥 내버려 두면 우울해지잖아요.
집 안에만 가만히 있지 마시고 밖에 나가 꽃이랑 이야기 실컷 나누세요.
우울이 다 닳아지도록. 알겠죠? (네) 책도 읽고 글도 쓰시고요. (네)
[기적에 대해 말하면서] 지금 즐거우세요? (네)
맞아요. 즐거워야. 웃고 있어야 기적이 일어납니다.

훈훈한 바람을 느끼며 돌아오는 길. 하지만 계속 떠나지 않는 질문….
조금 다르게 태어났다는 이유로 왜 산속에서 외따로 있어야 하는가.
시선의 문제다.

정상과 비정상이라는 폭력적 이분법으로 가르고 구축된 체계 속에서
개인은 분할되고 훈육되고 규격화된다. (미셸 푸코)

조금 달라도 괜찮다.
철이 들면,
진짜 불행한 삶은
지극히 합리적으로 고안된 훈육과 감시로 내면화된 틀 속에서
정상인이라는 가면을 쓰고
자발적 복종을 하면서 살아가야 하는 것임을 섬뜩 깨닫게 된다.

✦

첫 만남과 오랜 만남은 같다

대전 염광어린이집 오리엔테이션 매직쇼 및 인형극 공연.

공연을 준비하고 있는데 원장님이 나를 보시자마자 인사를 건네신다.

"오랜만입니다! 그리고 반갑습니다."

'오늘 처음 뵙는데….'

순간, 잠깐 어리둥절했으나 나는 곧바로 큰 깨달음을 얻었다.

'그렇지. 우리는 근원적으로 관계 속의 인간으로 태어나고 이어가고 있으니

누구든지 첫 만남이면서 오랜 만남일 수도 있겠구나.'

자원봉사 대학생 네 명이 오는데, 원장님은 당부를 하신다.

오늘 봉사활동 마치면, 봉사 점수에는 안 들어가지만 점심을 꼭 먹고 가라고.

그리고 네 명 중 한 명을 남겨서 하시는 말,

"학생은 특별히 뽑힌 사람이에요"

이러한 멘트를 하고 나서 업무 분장한 일은, 신발 정리였다.

신을 모시는 존재는 특별하리라.

부모님과 아이들의, 공연을 마치고

나의 최근 시집 『둥근 바깥』을 선물로 드리고 왔다.

이유는 말하지 않았다.

나는 대부분의 지인들에게 시집을 인터넷으로 주문해서 사보라고 하지

그냥 너무 쉽게 드리지 않는다.

조그만 시집 하나를 위해 4년 반을 죽을힘으로 달려왔는데.

그러나 오늘은 귀한 깨달음의 대가를 꼭 갚고 싶었다.

밤이 별빛에 마음을 쬔다

사람은 전혀 다른 경험으로 살아가지만

시간이 지나면 똑같은 결론에 도달하는

기하학, 수학, 논리학은 존재한다. *(칸트)*

✦

음성 원남초등학교 졸업식 매직쇼.

졸업생이 여섯 명. 이들을 축하하기 위해 음성군 높으신 분들과 전교생 착석.

교장 선생님이 왜 이리 젊어 보이시는지 놀랐다.

외모뿐 아니라 마인드까지.

오히려 나보다 더 깍듯이 인사해주시고 마치고 나서도 커다란 미소로 환대해주셨다.

초대해주신 유치원 원장님은 조심스럽게 다가오셔서

삼만 원 더 올려서 결재 올렸다고.

감사합니다. 어제께 속도 위반 딱지 삼만원을 위한 특별 보너스.

환대를 한다는 것은

내 마음에 내 생각에 내 의지에 타자의 침입을 무한 허용한다는 의미.

타자를 진정으로 받아들이면 어떻게 되는가.

나는 50분 동안 전력을 다해 매직쇼를 진행했다.

어마어마한 쇼맨십을 발휘하면서.

'별'을 만드는 매직을 하면서

"여러분, 빛나는 별이 되려면 공부도 열심히, 책도 많이, 스스로 학습을-"

(조용~)

"빛나는 별이 되려면, 게임도 열심히 하고"

"우와~!"

누군가는 억압받는 욕망을 받아줄 사람이 필요하다.

✦

적응, 장례식 공연

　지인들의 부음 문자는 익숙할 때가 되었는데도 내겐 여전히 낯선 손님이다. 나는 내게 주어진 삶의 시간들을 살아가는 일에도 적응하기 힘들어해 왔다. 특히 먼저 종착역에 내린 지인들의 흑백 얼굴을 액자로 뵐 때마다 내 마음엔 길들여지지 않는 여울목이 돋아나곤 했다.

　외갓집 누부야가 돌아가셨다는 문자가 모랫가루처럼 도착했다. 퍼석거리는 눈을 비비며 천안에서 충전 가스를 가득 넣고 울산장례식장으로 출발했다.

　누부야는 수년 전부터 유방암이라는 소용돌이에 적응해야만 했었다. 파도치는 삶을 억척스럽게 뛰어넘느라 조기 발견을 놓치고 만 것이다. 시련이나 고통 따윈 이미 단골처럼 익숙해져 있던 누부야였다. 하지만 너무 일찍 사랑하는 이들과 이별한다는 것에 대한 슬픔이 너무 무거우면 바다로 갔으리라. 간절곶에서 등대가 불을 밝히듯 가슴을 밝혀 두고, 파도 같은 간절함을 철썩거려 암이 부서져 모랫가루가 되기를 납작 엎드려 기도할 수밖에 없었으리라. 그러나 암에 부딪힐 때마다 번번이 유리 파편 같은 물거품으로 부서지고 마는 파도였을 것이다.

　장례식장에 가는 길은 언제나 캄캄하고 무겁다. 특히 내게 소중한 추억이 있는 사람들이 하나둘씩 낙엽처럼 저무는 길은 마음이 쓰라린다. 죽음이라는 확실한 존재는 실체가 보이지 않기에 바싹 나를 낮추며 생을 운전하게 된다. 그런데 너무 일찍 떨어져 버린 푸른 잎사귀를 대면하는 날에는 내 잎새도 허공에서 흔들릴 수밖에 없다. 차창으로 점점 죄어오는 어둠에 나는 헤드라이트를 등대처럼 켜고 계속 달렸다.

　울산에 도착하니 밤 10시였다. 너무나 적막하여 발소리마저 숨죽여야 했다. 누부야의 혼신을 다해 살아왔던 삶 앞에 정중히 예를 갖춰 명복을 빌고 테이블에 앉았다. 아직도 죽음을 낯설어하는 나는 실내 분위기가 너무 엄숙한 탓에 아무 말 없이 식사를 했다. 내가 앉은 테이블에는 아는 지인들이 작은 섬처럼 함께 둘러앉아 있었다.

그때였다. 나랑 동갑인 사촌이 내게 부탁을 해왔다. 마술사인 내게 마술을 잠깐만이라도 보여달라는 것이었다. 누부야의 딸들이 엄마의 죽음을 너무 슬퍼한 나머지 끼니도 거르고 계속 울기만 하고 있으니 잠깐만이라도 심신을 달래주었으면 한다는 내용이었다. 딸들은 지금까지 생의 길목마다 등대가 되어주었던 엄마의 부재가 너무나 겹겹이 막막하고 어두웠을 것이다. 그래도 장례식장인데 어떻게 그럴 수가 있겠냐고 내가 거절해도 그는 여러 차례 간곡히 부탁했다. 주저하다가 일단 간단한 마술 도구를 챙겨와 보긴 하겠다며 주차장으로 자리를 떴다. 내 차에는 항상 마술 도구가 준비되어 있었다. 소박하고 간단하게 하는 게 좋을 것 같아서 빌리아드 볼을 꺼냈다.

자리에 돌아와 보니 두 딸도 함께 테이블에서 기다리고 있었다. 최대한 우리 테이블에만 보여지도록 손을 바닥 쪽으로 낮춘 자세로 갈매기알 같은 탱탱볼 한 개를 꺼내 들었다. 이 순간만큼은 탱탱볼이 슬픔 덩어리를 의미한다는 말은 굳이 하지 않았다. 볼을 살짝 흔들다가 두 개로 만들면서 우리 테이블은 공연이 시작되었다. 다시 슬픔이 세 개, 네 개로 늘어난 후에, 이젠 하나씩 하나씩 슬픔 덩어리를 소멸시키다가 마지막엔 완전히 사라지게 했다. 그리고 그 사라진 주먹에서 커다란 하트가 태어나서 갈매기처럼 훨훨 날갯짓하는 것으로 마무리했다. 결국 어머니의 사랑은 영원히 우리 곁에 나래치며 머물러 있을 거라는 의미를 담았다.

소박하게나마 공연을 마치자 우리 테이블엔 어린이와 어른을 반반 닮은 미소가 번지고 있었다. 그런데 나의 시선을 들어 우리 테이블 너머를 바라보다가 깜짝 놀라고 말았다. 장례식장 내의 모든 분들의 시선이 이곳으로 향하고 있었다는 것을 감지했던 것이다. 순간 당황스러웠지만, 그분들의 표정들은 등대의 조명처럼 은은하고 부드러웠다.

진심으로 감사하다는 딸들의 인사말을 만선처럼 마음에 담으며, 우리는 얼굴이 넓적했었던 딸들의 어릴 적 이야기를 추억삼아 따뜻한 담소를 나누었다. 지금도 여전히 둥글넓적한 딸들의 얼굴에서 '잘 봤대이'라는 누부야의 소라껍질 같은 음성이 설핏 들려오는 듯했다.

영화 '써니'에서도 친구들이 죽은 친구의 유언으로 장례식장에서 공연하는 장면이 나온다. 왜 하필이면 떠들썩한 공연을 원했을까? 뿔뿔이 흩어져 있던 친구들이 한자리에서 옛 시절의 한 마음이 된 절정의 공연을 열망했기 때문이리라. 더불어 자신의 죽음에 친구들이 잘 적응하지 못해서 오랫동안 힘들어할까 봐 한 배려였을 것이다. 그래서 살아있는 사람이나 죽은 사람이나 모두가 즐겁고 편안한 모습으로 서로를 떠나보내거나 기억하고 싶었기 때문이리라.

돌아오는 길에 바닷가에서 잠시 시동을 껐다. 밤에는 파도 소리가 사무치게 크게 들린다. 무엇이 그리 간절한지 부서진 다음에도 기어이 몸을 일으켜 끊임없이 파도친다. 삶이 소중한 이유는 언젠간 끝나기 때문이라는 프란츠 카프카의 문장이 철썩거리다가 물방울처럼 튀어 나를 흠뻑 적신다. 돌이킬 수 없는 현재의 삶이기에 눈물겹게 소중하며 아름답고도 안타까운 것이리라.

나는 장례식장에서는 쉬이 눈물을 쏟지 않는다. 바다는 실컷 목놓아 울기에 좋은 곳이다. 나는 바다에서처럼 홀로 있을 때, 가족도 나 자신도 언젠간 끝이 있다는 바위 같은 진리를 진지하게 맞대면하는 순간에 있을 때, 불현듯 타오르는 눈을 감고 부르르 흐느끼곤 한다. 그때마다 바다에서 몸집을 키운 연어 떼가 모천 회귀하는 심장 박동을 느낀다. 그들은 과거에 태어났었고 후세를 낳고 죽게 될 바로 그 자리로 언제나 되돌아온다. 연어 떼 같은 눈물이 마음의 바다를 거슬러 올라와서 눈에서 뿌옇게 화르르 쏟아지는 이러한 내 모습이 언제나 낯설다. 아직 '나'라는 존재에 적응이 덜 된 탓이다.

시동을 켜며 등대를 다시 본다. 간절한 파도가 멈추지 않는 한 등대는 견고히 제자리를 지킨다. 죽음 같은 어둠이나 안개가 짙을수록, 여기에 적응 못 하는 사람들에게 불빛을 나눠줄 것이다. 누부야는 원래의 자연으로 회귀했지만 두 딸의 가슴에는 언제나 등대가 되어 줄 것이다. 오늘은 눈부시게 어두워서 훤해지는 밤이다. 어둠에 빨리 적응해야 운전이 편할 것 같다.

✦

어린왕자 트릭

해든어린이집 공연을 마쳤다.
마술쇼와 인형극 공연에 쓰이는
짐들을 차에 실으려는데, 원장님이
"짐이 참 많네요, 무거우시겠어요."
그러자 내가 모르는 내가 불쑥 한 마디.
"무지 무겁지요. 그런데 지금이 제일 가볍습니다."
사람은 떠날 때가 가장 가벼우리라.
지상에 있는 한 너와 나 사이에는 결코 가볍지 않은 날씨가 불어올 것이기에.

어제, 강원도 홍천교육지원청 주관 마술 특강.
"내가 너무 잘생겨서 질투 나죠?" 하고 개그를 하면
지금까지 대부분 학생들은 코웃음 치거나
"끔찍해요." 할 텐데 이날 따라 모두가 일제히 "예~." 허걱!
특히 여중생 삼총사는 수업 후 식사를 같이 하면서도 계속 멋지다고,
심지어 나보고 나이가 30쯤 되지요~라고.
웃자고 한 농담이었는데 웃기지도 못하고 도리어 부담스러워졌다.
마술도 트릭인 데다 내가 어린왕자로 보이게 하는 트릭을
너무 순수하게 믿어버리다니.
환상을 깨뜨릴까 봐
가장 빠른 속도로 도시락을 흡수하고 사라졌다.

✦

한없이 기다려지는 사람이 되고 싶다

오전. 공립 동탄유치원 공연.

1층 거실의 탁 트인 넓은 공간이 '자유'라는 낱말을 떠올리게 한다.

텐트까지 여유롭게 펼쳐져 있는 아늑한 풍경, 아이들이 오고 싶어 하지 않겠는가.

아이 입장에서 저녁만 되면 아쉬워지고 아침만 되면 빨리 가고 싶어지고,

한없이 보고 싶어지는 사람, 한없이 기다려지는 사람이 되고 싶다.

그러기 위해 지루하지 않도록 지루해지지 않도록

나, 라는 그릇에 자주 변화를 주어야겠다.

나를 자주 깨뜨리고 주물럭거려

새로운 질료, 새로운 무늬로 끊임없이 바꾸어 나가야 하겠다.

어쩌면 우린 무언가를 기다리기 위해 살아가는지도 몰라. 태어나길 기다리고 일어서

길 기다리고 말문 트길 기다리고 자라나길 기다리고 뻗어가길 기다리고 기다리기

위해 기다리고 어쩌면 당신을 기다리던 때가 가장 설레는지도 몰라.

밤샘 운전. 꾸벅꾸벅 꾸역꾸역 새벽 도착.

두 시간만 자고 서울 현대백화점 문화센터 두 곳에서 공연 후

귀갓길, 대박 교통 정체. 밤 8시 천안 도착.

허리 터질 것 같은 이번 주 스케줄.

죽을 것 같더니 막상 집에 오니 똘망똘망 멀쩡해진다.

참으로 이상한 것은 스케줄이 없을 때가 더 고되다는 사실.

기다릴 게 아직 너무 많아서일까.

그 무엇을 지극히 기다리고 있으므로 우산을 준비한다.

비를 기다린다. 너를 기다린다. 그리고 나를 기다린다.

내일 수원 공연을 위해 억지로 나를 사각 틀에 잠시 눕혀 둔다.

조금씩 스르르 녹아내리고 있다.

누군가가 무언가가 보이는 것 같다.

✦

유레카, 넓은 것에 대한 좁은 것의 가치

나는 매일 근무처가 달라지는 사람. 매일 새로운 공간을 만난다.

매일 공연하는 곳이 다르므로. 무대에 도착하면 제일 먼저 공간을 보아야 한다.

그래야 어떤 규모로 무대를 설치해야 할지가 결정된다.

무대 공간이 넓을 때와 좁을 때 어느 때가 더 설치하기가 쉽고 빠를까?

공간이 넓으면 매우 편하다. 아무런 장애물이 없으므로 순식간에 휘리릭.

좁은 공간이, 더 빨리 무대를 설치할 수 있을 것 같지만 더 많은 시간이 소요된다.

좁은 규모에 무대를 끼워 맞추어야 하므로

제 살을 깎고 배경 그림도 다시 재조정해야 한다.

비좁을수록 객석을 최대한 확보해 주어야 하므로 나의 공간을 최소화해야 한다.

좁은 공간을 가진 어린이집은 들어가는 출입구도 협소하다.

짐을 편안하게 들기가 어렵다.

그럴 때마다 이 말을 위안으로 삼는다.

"좁은 문으로 들어가길 힘쓰라."(Luke 13:24)

'좁음'에 대해 깊이 생각해본다.

넓음과 좁음. 노자를 잠시 불러야겠다.

도가도 비상도 : 도는 도일 수 있지만, 항상 도는 아니다

명가명 비상명 : 이름은 이름일 수 있지만 항상 이름은 아니다

차양자 동출이이명 : 이 두 개는 같은 곳에서 나왔으나 이름이 다를 뿐이니라

노자의 『도덕경』 중에서 내가 임의로 적용해본 사유.

'좁음이나 넓음은 이름만 다를 뿐 같은 곳에서 나오지 않았을까.'

좁음과 좁지 않음.

도대체 넓은 것에 대한 좁은 것의 가치는 무엇일까? 좁은 것과 좁지 않은 것.

탁 트인 넓은 무대는 공연하기도 편하다. 무대 앞뒤도 자유자재로 편하게 왕래한다.

관객과의 거리도 여유가 많아 트릭을 잘 감출 수 있다.

그런데 좁은 무대는 바로 코앞부터 아이들과 교사들이 앉아 있다.

옆에서 보면 마술의 몇몇 트릭은 관객 눈에 보일 수밖에 없다.

너무 가까우므로 쓸 수 없는 마술도 몇몇 있다.

나는 찾아내야 한다. 넓은 것에 대한 좁은 것의 가치를.

바이올린의 울림통에 견줄 만한 가치를 찾아야 한다.

바이올린의 [비움 = 채우지 않음]의 경쟁력을. 채움에 맞선, 텅 빈 밥그릇의 경쟁력을.

유레카! 찾았다.

좁은 공간, 소규모 인원이므로 모든 아이들에게

일일이 비둘기를 손에 올려줄 수 있다는 것.

한 사람 한 사람 모두에게 눈길을 골고루 줄 수 있다는 것.

그래서 소외되는 아이 하나도 없이 나와 무언의 소통을 주고받는다는 것.

좁은 것은 좁은 것이 아니다.

채우려 해도 다 채워지지 않는 넓이를 비우고 조금만 채워도 다 채워질 수 있는 공간.

나는 정의해본다.

좁은 것은 존재의 결핍이 없는 가장 넓은 공간이다.

공연을 마치고 다시 비좁고 가파른 계단을 지나온 것 같았지만

뒤돌아보면 가장 넉넉하고 소중했던 초원지대였다.

자세히 귀 기울여보면 어느 드넓은 공간으로부터 이런 목소리가 들릴지 모른다.

이따금 나의 진정한 삶은 아직 시작되지도 않은 것 같이 느껴져.

제발 나를 여기서 데리고 나가 줘.

그리고 나에게 생존 이유를 부여해 줘.

　　　　　　　　　　　-앙드레 지드, 『배덕자』 중에서

밤이 별빛에 마음을 쬔다

활시위를 두려워 않는 이유

고양시 D초등학교 유치원 교실. 무대를 설치하고 있는데,

선생님 두 분이 내 주위를 자꾸 맴돌며, 간섭을 하신다.

무대 위치가 저쪽 벽면이 더 좋다느니,

이쪽은 아이 출입에 위험하니 넓혀달라느니….

책상과 칠판을 모서리로 치웠더니 그걸 굳이 다시 옮기시는데,

그곳은 무대 설치에 방해되는 부위….

웬만해서는 굴하지 않고 내 의지를 밀어부친다.

서늘한 시선 몇 촉이 등 뒤로 날아와 꽂힌다.

하지만 무대 세팅과 공연이 마치고 나면

타인들은 나의 소소한 고집을 이해하게 된다.

결국은 더 예술적이고 호응 높은 공연을 연출하기 위함이었던 것.

사람은 대개 자신이 경험했던 부분적인 기억을 맹신한다.

그 조각이 한 세상이요 진리라고 못박고

그것에서 벗어나기를 불안해 한다.

그러나 전체 그림을 알거나 경험한 사람은

활시위를 두려워하지 않는다.

불안이 도리어 불안해 하기 시작한다.

자기가 과녁이 될까 봐.

✦

실패한 공연

특별한 상황이 아니라면, 나는 항상 공연장에 1시간 전에 도착한다.

오늘은 먼 지역이라 일찍 출발하여 90분 전에 도착했다.

그런데 30분 전에 무대를 세팅하란다. 수업해야 한다고.

이렇게 넓은 공간, 그냥 다른 공간으로 옮겨 수업하면 될 텐데.

별다른 시청각을 쓰는 것도 아닌데,

그 교사는 기어이 무대 설 자리에서 수업해야 한단다.

나는 초청 공연가를 그저 돈만 벌러 온 사람 취급하는

이런 불쾌한 분위기를 향해 기어코 한 마디 던지고 싶었다.

"커피 좀 주세요."

배려. 그녀는 교육과정에 있을 '배려'의 낱말을 암기시키듯 가르칠 게 뻔하다는 생각.

나는 마음속으로 다짐하고 또 다짐했다.

이런 냉정한 곳은 내 모든 걸 불사를 필요가 없다.

마술을 대충 해버려야지.

특히 가장 깔깔거리는, 가장 아이들의 마음을 열게 해주는

바나나 스토리는 빼자. 날 꿀꿀하게 만들었으니.

황급히 무대를 세팅하면서 소소한 앙갚음을 계속 짜내기 시작했다.

두 마리 나오는 비둘기도 한 마리만 나오게 하고

서너 명의 아이에게만 손에 올려줘야지.

인형극 할 땐 웬만하면 힘들지 않게 인형을 살짝살짝 움직여야지.

그 교사의 차가운 인상이 자꾸만 맴돌았다.

드디어 마술이 시작되었다.

그녀는 뭐가 그리 바쁜지 왔다갔다 정신이 없었다.

그런데 비둘기가 한 마리만 등장한 줄 알았는데 어느새 한 마리 더 출현.

모든 아이들의 손에 머리에 어깨에 올라가고 있었다.

어어 이러면 안 되는데….

이제 매직쇼를 마치자마자 곧바로 인형극을 하려고

서둘러 아이들과 함께 하나부터 열까지 카운트다운을 시작했는데

갑자기 복화술사가 된 내 입에서

"아저씨, 아저씨!"

"안 돼. 마술 끝났어. 그리고 시간이 다 됐으니 넌 다음에 나와."

"아저씨 아저씨, 나갈 거야!"

연거푸 밀당하다가 결국 바나나가 출현,

숨죽였던 아이들의 얼굴에 함박웃음이 터지기 시작했다.

인형들은 오늘따라 왜 이리 손에 착착 달라붙어 완벽하게 움직이는지….

드디어 모든 공연을 마치고 인사도 마쳤다. 이때 그녀는 아이들에게

"너무 재미있었죠. 우리 한 번 더 마술사님에게 감사 인사드리기로 해요."

그녀는 아이들을 데리고 바깥 어디론가 잠시 사라졌다.

내가 무대를 다 치울 때까시….

공연 전과 공연 후가 달라지는 것이 있었다. 마법처럼,

오늘 공연은 확실히 실패했다.

그리고 만족감이 두 배가 되었다.

✦

마법에 걸리는 말

잎이 바싹 말라갔다. 깨진 시간. 온몸이 대패질로 깎이듯

금요일 오후의 교통 정체는 끔찍한 고통이었다.

방심했다.

공연 시간이 너무 많이 남은 탓에

집에서 〈굿 윌 헌팅〉 영화 한 편 보고 출발했는데

결국은 공연장에 늦게 도착.

부모님이 함께 참여한 중앙유치원 행사.

동탄시범대로 중앙공원으로 나를 들고 뛰었다.

놀랍게도 원장님은

활짝 웃으며 이쪽으로 오라고 손짓하고 계셨고

교사 한 분 역시 장미꽃처럼 반겨주었다.

Good will.

영화 속 명대사가 생각났다.

"네 잘못이 아니야."

"알아요."

"윌, 네 잘못이 아니야."

"네, 알아요. 안다구요!"

"아니, 넌 몰라. 윌.. 네 잘못이 아니야."

"젠장, 정말 미안해요."

부모들이 모두 앉아 있는 가운데 황급히 무대를 만들기 시작했는데

원장님이 슬쩍 귓속말을 해주신다.

20분 여유 더 있게 장치해두었으니 여유 있게 준비하라는

햇살 같은 위로의 말씀.

세상에 이런 일이 바로 여기.

이 세상에 구하기 힘든 처음 맛보는 맛.

Good will.

공원에는 전기 사용이 안 되어

음악 없이 온전히 몸으로만 마법을 걸어야 하는 악조건.

게다가 많이 기다리게 했으니….

하지만 내가 먼저 마법에 걸렸기에

나는 꽃으로 비둘기로 비눗방울로 끊임없이 변신하며

가득 중앙으로 차오르고 있었다.

✦

나는 새장을 든 소소한 권력자다

지난 월요일 충주 중앙탑초등학교 강당에서 공연을 마친 비둘기.

눈앞에서 탈출을 감행.

보란 듯이 하늘 높이 솟구친 후에 지극히 높은 천장에 착지.

어찌 알았는지 거기엔 숨을 거처가 수두룩한 곳. 가장 긴 낚싯대로도 어림도 없는 닿을 수 없는 곳.

나는 수차례 야구공을 있는 힘껏 던져보았다. 나는 살면서 지금껏 과녁을 제대로 맞춘 적이 거의 없음을 알기에, 그의 몸을 강타하진 않으리라, 안심하고 던졌다.

과녁 주변을 텅텅 두들기는 소리에 놀라 녀석이 푸드득 아래로 내려 오길 기대했지만, 그는 깃털처럼 가볍게 옆의 은신처로 사뿐히 옮겨갈 뿐이었다.

그는 자유를 위해 네모난 상자를 뚫고 비상했으리라.

억압으로부터의 해방을 꿈꾸며…

두 시간을 지체하다가 포기하고 집으로…

다음 날이면 내려오겠지. 그는 필연적으로 보이지 않는 더 큰 철장 안에 있는 거니까. 다만 그가 모를 뿐.

다음 날이 되었다. 내려와 있겠지 하고 갔지만, 그의 저항은 강력했다.

불현듯 어디선가에서 억울함이 해결될 때까지 공장 첨탑 꼭대기 농성 시위를 하던 어느 노동자가 생각나기도 했다.

나는 내가 맘대로 조정할 수 있는 사각 새장에 아직 들어오길 거부하는 그 녀석이 괘씸해져 이젠 잊어버리자 하며 터덜터덜 시위 무대에서 퇴장했다.

4일째가 되던 오늘, 그 학교의 체육 교사로부터 전화 한 통이 왔다.

드디어 지상으로 내려왔다고.

나는 잠시 망설이며 생각했다. 그 녀석을 데리러 가는 기름값과 톨게이트 비용, 내가 투자해야 하는 시간, 그리고 그 녀석을 처음 고용했던 몸값.

손해다. 그냥 고분고분한 다른 젊은 녀석 하나 더 고용하는 게 이득이다. 입사한 지 얼마 안 되어 농성 중인 그 녀석은 고집불통이다. 조직에 적응하기에 힘든 체질임에 틀림없다. 어찌하나.

그런데 그 녀석은 우리 집에 온 지 한 달이 된지라. 이미 우린 서로 조금씩 아는 사이. 조금씩 길들여진 사이. 그러기에 가격으로 따질 수 없게 된 이미 패밀리.

그래, 일단 데리러 가자. 운전하면서, 스스로 농성을 끝내고 내려온 그 녀석에 대해 생각해 본다.

그렇지? 굶주림 앞에서는 자유고 뭐고 무슨 소용이랴.

완전한 자유라는 게 정말 존재하기는 하는 걸까. 우리가 자유를 쟁취하기 위해서는 언제나 명령어가 수두룩한 사각 틀에 들어가야 하는 것이다. 자유는 그 속에 발을 담가야 가끔씩 한 움큼이라도 찾을 수 있다. 그것은 쉽게 시늘긴 하지만 어디엔가 존재하는 네잎클로버를 찾듯 언젠가는 꼭 찾을 수 있다는 가능성이 무한히 열려 있는 세계다.

반면 사각틀의 바깥에는 단 한 순간조차 안심 못 하는 야생의 부리부리한 발톱이 득실거린다. 밥 먹을 때조차 수십 번 두리번거리며 불안해하며 서둘러 삼켜야 한다. 차라리 하루에 잠깐 내 품에서 고생하고 편안하고 안전하게 모이를 음미하는 것이 더 이득 아닐까.

마침내 나의 새장으로 푸드덕 입장하자마자 목을 축이고 오직 모이에만 집중하는 비둘기.

집에 도착하자마자 나는 그의 새하얀 날개를 잡고 웃자란 자유의 부위를 잘라주었다.

부디 내 주위에서만 자유로워지라고.

✦

위험사회

매직쇼를 할 때 옆과 뒤를 내어준다는 건 치명적이다.

비밀은 언제나 옆에서 들키고 뒤에서 덜미 잡힌다.

그럼에도 아이들의 극성스런 호기심이 내 은밀한

방방구석을 침투해온다면

나는 더 완벽한 방어전략으로 응전해야 한다.

그러나 가장 나를 낙담시키는 일은 전쟁이 끝나자마자

내가 한눈파는 사이

바깥에 길들여진, 아이들이 혁명을 일으키는 것.

내 마술도구들을 전복하여

치열하게 숨겨왔던 마술의 정체를 발가벗겨 흔드는 순간들이다.

자유를 선고받은 무대는

자유롭지 않을 방법이 없는 인생은

규율이 없어진 너와 나의 전선은

가끔 해체되어 위험사회로 돌변한다.

밤이 별빛에 마음을 쬔다

✦

라이프 온 B612

가끔씩 내게 묻는다, 넌 어디에서 왔는지를.

내 무의식 속 어딘가에는 어린왕자가 살고 있다. 그의 소행성은 자세히 보지 않으면 찾을 수가 없다. 내가 사막 같은 생으로 불시착할 때마다 그는 내게 나타나서 "양 한 마리만 그려주세요."라고 말을 걸어온다. 나는 이 절망적인 상황을 벗어날 생각만으로도 불안하고 바쁜데, 왜 자꾸만 양을 그려달라고 부탁하는 걸까. 도무지 이해되지 못하는 내가 더 이해가 안 되는 몽환적인 장면에서 점점 아득해지다가 문득 깨달음이 오는 순간, 나는 깨어난다.

내 삶의 궤도에서 어린왕자를 직접 마주친 적은 없다. 그러나 어린왕자를 닮은 어린 이들이 내 마음의 중심에 자리잡기 시작한 것은 중학교 2학년 때부터였다.

김해에 살던 나는 낙동강이 말없이 흐르는 부산시 북구 모라동으로 이사했다. 앞에는 차들이 질주하는 도로, 뒤에는 기찻길, 그 사이에 목재소가 있었다. 그 안에 딸려 있는 작은 집에 거주하게 되었다. 낮에는 나무 깎는 소리가, 밤에는 기차 소리가 끊임없이 귀를 파고 들었다. 중풍으로 꼼짝도 못하시는 할머니도 계셨다. 그런데 희한하게도 나는 이러한 환경에 대하여 한번도 비좁다거나 어둡다고 생각한 적이 없었다. 나는 절망 따위에 찔려 볼 겨를이 없었다. 마치 외딴 소행성에 있는 듯이 나만의 세계에 몰입해 있었던 것이다.

시선 너머로 보이는 아담한 시골 교회를 다니기 시작했다. 어느 날 동기생 금옥이가 내게 와서 어린이 부서에 서기 보조를 맡아달라고 했다. 그냥 쉽고 편한 일이라고 해서 아무렇지도 않게 승낙했다. 그런데 금옥이는 몇 주가 지나자 개인 사정상 그만두고 말았고 내가 서기 업무를 전담하게 되었다.

그 후 금옥이는 자취를 감추어 영영 볼 수가 없었다. 너무나 짧은 인연이었지만 지금까지도 그녀의 이름이 생생하다. 그것은 바로 그 소녀가 나를 어린이의 세계로 운명적으로 이끌어 주었기 때문이다.

나는 보았다. 어린이들의 종소리나는 별빛 웃음을, 아침 이슬에 뺨이 달아오르는 장미꽃을, 무궁무진 솟구치는 뜀박질을. 그들은 모두 내게 어린왕자였다. 그 세계에 몰입해 있는 이상 그 어떠한 암흑도 오히려 더 깊고 진한 빛을 우려내어 주는 존재일 뿐이었다. 그들과 함께 하는 시간들이 수북이 쌓일 때마다 나는 어린이들의 감성을 점점 닮아갔다. 중학생 신분이었지만 나는 일찌감치 '어린이'라는 세계에 완전히 푹 빠지게 되었다. 그때부터 내 마음은 이미 확정되었다. 내 평생 사는 동안 어린이와 함께 하겠다고.

사회 첫걸음부터 지금에 이르기까지 대부분 어린이와 만나는 지점에, 내가 있었고 지금도 굳건히 있다. 하지만 늘 설레거나 즐겁지만은 않았다. 내 생의 전환점마다 "어른들은 정말이지 너무너무 이상해."라는 어린왕자의 말을 내뱉으며 사표를 홀홀 던지고 다른 길을 모색했다. 왜 그리 순수하게 근무하도록 내버려두지 않는지, 왜 그리 덫이 많고 태클을 많이 걸어오는지, 왜 그리 서로를 닮아지도록 쓰다가 하찮은 휴지처럼 버리는지, 가끔씩 내겐 어른들의 세계가 정말 이상했다.

돌이켜보면 내 자신이 얼마나 보잘것없는 존재인지를 뼈저리게 느끼던 때가 더러 있었다. 그중에서 새로운 직장을 구하려고 버둥거리던 3개월은 블랙홀 속에 있는 느낌이었다. 불의에 못 참아서 충동적으로 퇴사했기에 생활이 막막했다. 서울에는 수많은 직업이 있을 텐데 어떻게 나의 존재감을 알아줄 회사가 이리도 없는가. 세상에 하나밖에 없는 장미꽃을 가진 부자라고 생각했던 어린왕자는, 정원에 피어 있는 오천 송이의 장미꽃을 목격하고는 얼마나 허탈했을까. 이 수많은 장미 중에 파묻힌 내가 보이기나 할까. 나는 아무것도 아니구나.

하지만 어린왕자는 내게 깨우쳐 주었다. '나 자신'이 한없이 보잘것없는 존재라는 절박한 실존적 문제에 처했을 때에야 비로소 더 숭고하고 더 크고 멀리 꿈꿀 수 있는 근원적인 잠재능력이 폭발한다는 것을 말이다. 나아가서 무한한 가능성이 열린 재탄생의 삶에 이를 수 있다는 사실 또한 배웠다. 어쩌면 어린왕자가 양을 그려 달라고 했던 것은 우리가 어른이 되면서 잊어버린 근원적인 자아의 꿈과 이상을 먼저 되돌아보는 게 더 중요한 일임을 알려주기 위해서가 아닐까? 그 지향점이 결국은 현재의 절망에서 벗어나야 할 강력한 동기 부여가 되지 않을까?

'단 한 송이의 장미꽃'을 위해서 내가 보낸 시간, 내가 길들인 시간, 그 시간으로 인하여 장미꽃은 그토록 소중한 '단 하나밖에 없는 존재'가 된다. 그러므로 나는 이 장미꽃에 대해 영원히 책임이 있다. 이를 위해 다시 일어서야 했다. 그래서 나는 공연가로 다시 태어났다. 그리고 나를 기다릴 어린이를 생각할 때마다 여우의 말을 상기했다. "네가 네 시에 온다면, 나는 세 시부터 행복해지기 시작할 거야. 시간이 지날수록 나는 점점 더 행복을 느끼겠지. 네 시가 되면 아마 나는 안절부절 못할 거야. 행복이 얼마나 값진 것인지 알게 되겠지."

그렇다. 나는 누군가에게 기다려지는 소중한 인연으로 머물고 싶다. 내 이름만 들어도 반가워지고 내 공연만 보아도 가슴이 훤해지면 좋겠다. 수많은 별무리에서 내가 보이지 않아도, 어린이들이 나를 찾느라고 수많은 별들을 사랑하게 되었으면 좋겠다.

가끔씩 묻는다, 너는, 그리고 나는 어디에 살고 있는지를.

내 무의식 속 어딘가에는 작은별이 떠다닌다. 보이지 않아서 더욱 신비롭고 아름답다.

✦

예행연습, 야만 같은 바깥을 견디기 위한

집에서 홀로 유일신처럼 받들어지던 아이들.

드디어 신이 벗겨지고 어린이집이라는 구조 속으로 첫발 딛는 순간 절실히 깨닫는다.

더 이상 자기 혼자만이 절대 신이 아니라는 사실을.

생애 첫 카오스. 타자의 얼굴에게서 나를 발견하게 되는 불안감.

적응하지 못하면 나를 잃어버리게 된다. 버텨내겠다는 용기를 처음 꺼내 보는 날.

내가 공연하러 온 이곳, 아이캔어린이집.

한 아이가 어린이집에 들어서자마자 운다.

바닥에 얼굴을 파묻고 있다. 상실의 슬픔이 무거워서.

선생님이 그 아이에 바짝 붙어 있다.

"종현아, 김종현(가명). 우리 종현이…"

아이의 이름에 따스한 봄을 심어주고 있다.

아이의 이름은 본래 자기 신전에서는 절대지존.

그 거룩한? 이름이, 이 거대한 구조 속에 들려오고 있다.

"김종현, 우리 종현이. 우리 아이캔어린이집 김종현."

선생님이 이름 부르는 것은 적응의 씨앗을 심는 일.

씨앗이 제대로 꽃피우려면 얼마나 많은 날씨와 불안을 견뎌내야 할까.

그런데 아이야, 미안하지만 지금 여기,

상징계에서의 너는 수많은 꽃들 중 하나란다.

파묻은 얼굴은 바닥에 여전히 매달려 있고….

그래도 한 잎 두 잎, 이 거대한 슬픔 속에서 불려지는 자기 이름에

잎이 돋아나기 시작했고, 틀에 맞는 이름이 되어가고 있었다.

간간이 꽃샘추위가 울음처럼 들썩였지만

이젠 울던 사실도 잊어버리고 왜 울고 있었는지도 잊어버리고 돌아다닌다.

자신에게 허용된 장소에서 주어진 최대한의 자유를 찾아다니기 시작했다.

이름 부르기의 철학자 알튀세르.

미셸 푸코의 스승이기도 한 그는

이데올로기는 개인들을 주체로서 호명한다고 했다.

이데올로기는 우리의 이름을 부르고 우리의 자리를 지정해놓고

우리가 그 종속을 당연하게 자유롭게 받아들이도록 한다는 것.

우리는, 이렇게 구성된 틀로부터 주체로 호명된 것.

공연이 시작되자 아이는 마술사의 우스꽝스러운 퍼포먼스에 처음으로 웃었다.

비둘기를 아이 손에 올려줘도 피하지 않았다.

'구성된 주체가 자신의 틀을 벗어날 수 있을까?'를 고민해왔던 알튀세르.

그러나 아이들아. 너희들은 우리 어른들의 입장과는 많이 다르단다.

어린이집은 너희들이 무한한 상상력과 창의력, 소통의 공간이란다.

다만 규칙을 지키지 않으면 생각하는 의자에 앉아야 하지.

잠시 너는 틀린 존재라는 인식, 그 감옥에 갇혀서 형을 사는 것.

예행연습, 야만 같은 바깥을 견디기 위한.

✦

사람은 사랑하기 전과 후로 나뉜다

천안시외버스터미널과 어깨동무하고 있는 신세계백화점 충정점아카데미 공연 전에

주변의 조각상들을 둘러보았다. 〈쥐라기시대〉라는 설치 조각품을 만났다.

2억 년 전에도 존재했던 어둠이 깊으면 깊을수록

이 주변 전체는 공룡처럼 깨어나 대낮보다 훤해진다.

*사람은 사랑하기 전과 후로 나뉜다(알랭 바디우)*고 했던가.

전혀 다른 사람이 되려는 신화적 순간을 꿈꾸며 몰려드는 수많은 청춘들!

바로 여기,

미친 사랑을 쏟아부으며 때론 사랑에 잡아먹히느라 혈기 철철 흘러서

골목길을 젊어지게 한다.

도대체 왜 이토록 사랑의 감옥에게 격렬하게 갇히려고 하는가?

도대체 무슨 힘이 나를 무대 위로 끌어올려 무아지경에 이르게 하는가.

언제나 나는 나를 배신한다.

무대 위의 나는, 무대 아래에서의 나와는 전혀 딴판이다.

나는 반쯤 쥐라기시대의 야생 리듬을 느끼곤 한다.

무대 아래, 상징계(현실세계)로 내려오면

새장 속 비둘기처럼 전력을 다해 고여 있을 뿐이다.

나는 무대에 있을 때에야 진정한 존재감을 느낀다.

신화적인 사랑의 박동을 느낀다.

바로 지금 여기에서 내게 던져진 삶이라는 것을 살아가는 가치관이 확인된다.

아이들의 웃음에는 그늘이 없다.

아이들의 미소에는 가면이 없다.

아이들의 환호에는 계산이 없다.

아이들의 무궁무진한 에너지가 나를 이끄는 힘이요, 사랑이다.

우리는 정말 서로 사랑한 적이 있을까.

함께 있어도 외롭진 않았을까.

신화적 순간이라는 무대는

일상 속 골목길에 조각 예술품처럼 널려 있다.

그곳으로 나를 떠나보내라.

✦

멈춘 것은 멈추어 있는 것이 아니다

국공립 천안 병천어린이집 재롱발표회 – 스페셜 매직쇼.

3세 아이들의 율동 차례.

한 명만 다리를 약간 흔들 뿐 아무도 움직이지 않는다.

재롱잔치 사회자가 부모를 향해 여러 차례

"기대를 버리세요."라는 멘트만 날리는 게 매우 거슬렸다.

커다란 무대, 많은 사람들 앞, 3분의 시간 동안 멈추어 있는 듯한 아이들.

단언컨대 그건 매우 틀린 인식이다.

아이들은 그동안 수없이 동작들을 충분히 연습해왔다.

어른의 시선에는 멈추어 있는 동작,

하지만 아이들은 최선을 다해 '움직이고' 있는 중이다.

아리스토텔레스를 소환한다.

사물은 원리와 원인을 가지며 언젠가 반드시 소멸한다.

그러나 사물의 원리인 움직임 자체는 사물의 존재에 관계없이 항상 존재한다.

원인과 결과를 계속 거슬러 올라가면 갈수록

결국 '부동의 동자'에 이른다.

이 제1원인이 세계의 근본원리이다.

아이들의, 부동의 동자의 자세, 이것은 신이라고 불러야 할 아우라.

세 살만 지나면

이런 순수한 '멈춤 속의 움직임'이 점점 사라지는 현실이 더 안타깝다.

생각해보자.

펄펄 끓는 수많은 사연에 휩싸이는 우린

그때마다 얼마나 태연한 자세로 완벽히 멈춘 자세로 있진 않은가.

가면 속에 감춘 채 말이다.

조그만 가면 속에 큰 몸집이 갇혀 있다.

✦

타자의 아픔, 진심 다해 울어본 적이 있었던가

솔샘숲어린이집.

장애 인식개선 인형극 〈너의 목소리가 보여〉를 마치자

눈에 물이 고인 아이가 나를 응시하고 있길래

잠깐만 싱긋 웃음 짓고는 얼른 나의 시선을 다른 데로 던졌다.

괜시리 울컥거려서였다. 가끔은 인형에 격하게 감정이입 될 때가 있다.

오늘, 한파주의보가 바깥에 서성거리지만 여긴, 그딴 것에 신경 쓸 틈새가 없다.

금릉초교 병설 유치원 공연.

"니 (귀머거리) 엄마 목소리는 꽥꽥 오리 소리 같아~."

일부 아이들이, 철없이 웃는다.

"엄마 목소리는 괴물 같아!"

다시 일부 아이들이, 단순하게 웃는다.

"엄마가 왜 하필 내 엄마냐구!"

실제로는 슬픈 대사이지만…

어쩌면 아이들은 슬픔을 웃음으로 극복해내는 신비한 깊이를 지녔는지도 모른다.

뚱이 부르짖는다. "난 너무 외로워!"

그러자 갑자기 다섯 살 아이가 으앙 울음을 터뜨렸다.

멈추지 않는다.

외로움에 숨 막혀본 기억이 너무 선명해져서 그랬을까.

어쩌면,

외로워서 우는 사람보다

외롭지 않아서 우는 사람이 더 많지 않을까.

어떤 어린이집에서 인형극을 하는데,

세 살쯤 되는 아이가

무시무시한 세균맨이 나와서 킬킬거려도 끄떡도 않더니

강아지가 다쳐서 울자 어찌나 서럽게 우는지,

나는 공연을 끝내자마자 공개 사과를 해야 했다.

울려서 미안하다. 우리끼리 비밀인데,

지금까지 수많은 아이들이 진주처럼 울었지.

울다가 보석처럼 빛을 내지.

그런데 한 번도 울지 않는 사람들이 있지.

어른들, 빛 속에서도 길을 잃는.

아이야, 미안하지만

그래도 울리는 사람이 되고 싶다.

공연 한 장면으로도 시 한 모금으로도 수필 한 조각으로도

아이들의, 아침이슬 같은 눈물에 촉촉히 적셔지는 풀잎이 되어

햇살의 심장 휘영청 머금고 싶다.

공연을 마치고 짐 정리를 하려는데 선생님이 와서 진지하게 말씀하신다.

"우리 애들 서너 명이 너무 슬퍼서 펑펑 울고 있어요.

우리 아이들에게 이런 감성이 있는 줄 몰랐어요."

타자의 아픔에 진심 다해 울어본 적이 있었던가.
있었다면 그게 언제였던가.
우린 가파른 속도에 떠밀려
뚫린 공허 사이로
줄줄 감성이 새어나가고 있다.

✦

진리라고 믿는 순간, 뒤집힌다

텅 빈 상자 속에서, 새장 속 비둘기 나타나기.

빈 상자를 보여주며 일일이 만져보게 한다.

적막하고 공허한 텅 빈 부위를. 사람들은 그대로 믿게 된다.

아무 트릭이 없다는 사실이 '진리'라고 굳게 믿는 순간,

비로소 비둘기가 나타난다.

'진리'는 뒤집힌다.

절대적인 진리는 없다고 했던 프로타고라스로 출발하여

신앙으로 이성으로 타자로 탈구축으로

진리를 추구하고 있는 긴긴 여정들.

아이들의 팔에 비둘기를 올려주자 오늘따라 귀에 자주 들리는 소리

"저건 가짜야. 가짜 새야."

그 말을 했던 아이는 자기 차례가 되어도

"이것 봐. 가짜 맞잖아!"

왜 그랬을까? 한 번 우긴 것은 끝까지 진리여야 하나.

다른 시각으로 바라보면, 이 아이는 리틀 데카르트, 진리인지 아닌지 끝없이 의심하는!

"마술사 아저씨, 마술은 진짜예요, 가짜예요?"

가장 많이 듣는 질문이다. 오늘도 싱긋 답해 준다.

"마술은 진짜 가짜야."

나도 묻고 싶다. 내가 진짜로 보이는지를.

사람들은 진짜의 나를 궁금해하지 않는다. 일시적으로 비눗방울의 환상만 볼 뿐.

나, 라는 사람의 무늬

정규직을 청산하고 교사, 팀장, 지점장, 지국장도 청산하고 영업도 해보다가
비로소 공연가로 독립하고 나를 찾는 고객이 거의 없었던 초기 시절.
어느 극단 사무실에 앉았는데
극단 대표님이 직원들에게 신신당부하고 있었다.
며칠부터 며칠까지는 공연 받지 말라고 제발 쉬어야겠다고
너무 바빠서 사생활을 못 했다고.
너무 오래 쉬고 있던 나는,
그래서 기저귀값 분윳값이 무거웠던 나는,
부러워 부러워, 내게도 언젠가 저런 엄살 부릴 날이 오긴 오겠지.
먼지 같은 송진 가루처럼 바람결에 나를 이리저리 던져주면서
종종 낯선 이빨에 먹히다가
기어이 어딘가에서 나, 라는 사람의 무늬가 새겨지도록.
바퀴가 닳도록 달리고 터지고 떼우고 하다보니
몇 년이 흘러서야 내 가지에 나뭇잎이 제법 생겨서
부지런히 광합성 공장을 가동하고 있다.
그러던 어느 날 갑자기 시가 내게로 왔다.
좋은 시를 쓰는 시인이 되고자 열심히 정진하고 있다.
몇몇 시인님들의 페이스북 스토리가 귓전을 맴돈다.

너무 원고 청탁이 많이 밀려 밤을 지새워야겠다고

도무지 마감 시간이 맞지 않아 큰일이라고.

얼마나 부러운 엄살인가.

나는 이제야 쭈뼛쭈뼛 출발하고 있는데

아직 '고정된 시간'에 갇혀 있는 기분인데.

부디 누구든 나를 발견하면

저 막막한 '곳으로'

저 용솟음치는 폐허 '속으로'

저 피 말리는 마감 '속으로'

나를 벗어나게 해주시길.

✦

그래, 절망의 끝은 아름다운거야

인천공항어린이집은 13년째 공연.

내가 어설프게 매직쇼를 하던 초창기부터 응원해주시는 고향 같은 곳.

그곳엔 큰 그림들이 많은데, 특히 〈웃는 얼굴〉이 단연 돋보인다.

새들도 웃음 있는 곳으로 찾아온다. 원장님의 철학이 느껴지는.

어제 공연했던 늘해랑어린이집도

세계지도를 한눈에 밟을 수 있도록 꾸몄다.

어릴 적부터 넓은 세계를 보여주자는 철학이다.

거울, 거울에 비친 나를, 그려보기.

아직도 내가 낯설다.

색깔도 철학도 선명하지 못하다.

나는 되어가고 있다.

종종 모서리에서 발견되곤 한다.

모서리의, 오랫동안 존재감이 잊혀졌던 시집처럼.

그나마 나의 유일한 철학은, 절망의 끝에서도 웃는 것.

긍정하는 것.

거울 앞에 서면 나는 잘 안 보이고, 보조개만 못자국처럼 깊다.

살다 보면 통증의 못자국을 가리려고 꽃처럼 웃어야 할 때가 많다.

꽃 속에서 아무렇지 않은 듯 피를 철철 흘린다.

사람들은 핏빛을 보며 아름답다고 감탄한다.

그래, 절망의 끝은 아름다운 거야.

상쾌한 화장실

'상쾌한 화장실'
어느 유치원의 유쾌한 화장실 간판.
세 글자만 더 추가했을 뿐인데
눈길이 따스하게 머무른다.
세 글자만, 세 글자만 더 추가해도
세상은 더 아름다워질 수 있지 않을까.
세 글자만 더 추가했을 뿐인데
세 글자의 무게에 쩔쩔매다가
하루가 벌써 멀어져가는 중이다.
다시 돌아가고 싶은 중이다.
이미 그대는 점점 저물어가는 중이고
나는 어둠에 닫히고 있는 중이다.

여기, 영원히 꺼지지 않고 빛나는 존재가 있다. 바로 낙타이다.
어머니라는 낙타가 비추는 영혼의 빛으로 인해,
비로소 내 그림자가 훤하게 드리워진다.
사막이 눈부시게 아름다운 건 사막 어딘가에서
나를 향한 낙타의 무한한 기다림과 그 음성이 별처럼 빛나기 때문이다.
오늘도 낙타의 발걸음으로 세상의 모든 길이 열리고 있다.

－「낙타 그림자」 중에서

2부

터널, 낙타 그림자

◆

터널

   나의 하루는 터널을 지나면서 시작된다. 고속도로에는 터널이 많다. 터널을 통과할 때마다 묘한 기분이 든다. 험준한 산세를 에돌지 않고 이토록 쉽고 명쾌하게 관통할 때마다 우리의 생이 이러했으면 하는 바람이 불어온다. 그러나 생의 터널은 그리 호락호락하지 않다. 가도 가도 출구가 없을 것 같은 날들이 있다. 터널을 지나면 다시 새 터널이 기다린다. 어떤 날은 터널 속조차 무너져 홀로 고립되어 우울한 기분일 때도 있다.

   전국을 다니다가 무척산 터널 근방을 지날 때면 불현듯 목석같았던 아버지가 생각나곤 한다. 무척산에는 아버지가 계신다. 아버지는 한국전쟁이 끝날 무렵인 중학생 시절부터 나무를 깎고 다듬는 일만 천직으로 해오셨다. 목재소에 아무리 속이 뒤틀린 야생 원목이 와도, 네모반듯한 모양으로 환골탈태 시켜 트럭에 태워 새 삶을 향해 떠나보냈다. 잔가지와 톱밥들은 누군가의 온기가 되기 위해 길을 나섰다.

   아버지는 옹이처럼 굴곡진 사연들이 너무 많아서, 끝났다 싶으면 다시 빈 트럭 같은 얼굴로 새로운 터널을 지나야 하는 고단한 일상의 연속이셨다. 믿었던 거래처로부터 받았던 수표가 자주 부도를 맞았고 결제를 미루기만 하던 업체가 몰래 도망가 버리는 상습적인 피해도 많았다. 집을 얼마나 자주 옮겨 다녔던지 주민등록등본에는 집 주소가 무성한 숲을 이루었다. 그러나 아버지는 계속 나무 곁을 떠나지 않으셨다. 짐승이나 곤충이나 새들조차도 새끼를 양육하고 생존하는 일로 사력을 다해 나무 터널을 뚫고 있지 않은가.

   아버지는 인정사정없는 톱날에 두 번째 손가락을 내어주고 말았다. 통증이 사라진 텅 빈 부위는 벌거벗은 터널과도 같았다. 나는 아버지가 지니고 다니던 터널을 자세하게 지나가 본적이 없었다. 워낙 과묵한 성격인 탓에 조금이라도 긴 대화를 하기란 어색하고 불편하기까지 했다. 각자가 서로 다른 터널을 지나는 기분이었다. 가끔은 나무 깎는 일을 돕다가 종종 울상을 짓곤 했다. 지금 생각해보면 나의 시간을 빼앗기는 것과 까끌까끌한 톱밥에 뒤덮이는 게 싫었던 것 같다.

나는 무심하게도 아버지가 목재소 문을 닫고 일선에서 물러나서야 아버지의 귀가 많이 어두워져 있고 폐가 약해져 있음을 알았다. 평생의 시간을 기계들이 쏟아내는 소음과 먼지, 그리고 톱밥으로 가족 생계를 이끈 탓이었다. 나뭇가지를 쳐내듯 폐의 절반을 잘라내야 했다.

은퇴한 이후부터 아버지는 갑자기 스스로가 고목이 된 듯 너무 적막해졌을 것이다. 그동안 느티나무처럼 쉬지 않고 물과 양분을 공급해왔으나 뒤늦게 되돌아보니, 제 몸이 깎이고 구멍난 상태로 석양처럼 저물어가고 있음을 발견하고는 막막했을 것이다. 어쩌면 한 몸 같았던 존재의 상실감으로 두렵거나 사람 소리가 더욱 그리워졌을 것이다. 하지만 나는 멀리 살고 있다는 명분으로 자주 찾아뵙지 못했다. 나무는 언제나 누군가를 응시하며 간절히 기다리는 모습으로 서 있었다. 하지만 막상 내가 새처럼 나타나면, 아버지는 여전히 "왔나."라며 눈길 한번 주고는 안방에 들어가서 뒷모습만 보이셨다.

보다 못한 어머니는 내가 올 때마다 아버지와 함께 식사하고 오라고 등을 떠밀곤 했다. 인근의 보신탕집에서 단 둘만의 식사를 몇 차례 하면서 그제서야 아버지의 텅 빈 손가락 부위를 자세하게 지켜볼 수 있었다. 비록 말 없는 식사였지만 점점 불편하지 않았다. 아버지의 침묵의 언어가 조금씩 내 마음으로 들려오기 시작했던 것이다.

아버지가 오늘을 못 넘길 것이라는 연락이 도착했다. 천안에서 시동을 켜고 김해로 출발했다. 아무 말 없는 터널들을 빠르게 지나 병원에 도착했다. 병동에 들어서니 하얀 침대에는 산소호흡기를 달고 있는 한 그루의 아버지가 누워 계셨다. 숙연한 마음으로 다가가서 "아버지, 저 왔어요." 하니, 순간적으로 아버지의 심장박동 수치가 가파르게 솟구쳤다.

이것이 아버지의 언어였음이 다시 한번 뼈저리게 느껴졌다. 아버지는 가장 멀리 떨어져 살고 있는 나를 목숨처럼 간신히 기다리신 듯했다.

보름 전에 뵙고 나서 다시 병실을 떠나려고 했을 때의 모습은 지금까지도 생생하다. 초승달 같은 눈썹을 으깨며 부르르 녹아내리던 느티나무 고목의 눈물을 보았던 것이다. 소중한 사람들을 남겨두고 홀로 떠나야 한다는 건 진실로 가슴 찢기는 일 아닌가.

곁에 있던 어머니는 아버지가 몇 시간 전에 의식을 잠깐 회복했었다고 했다. 최근 한 달 동안은 반쯤 치매 상태였던 탓에 어머니를 보고도 "간호사가 바뀌었나?" 했을 정도로 심각했다. 그러나 마지막 순간에는 기어이 온전한 정신을 끌어당겨, "이사 잘했나?" 라는 질문이 전부였다니 역시 아버지다운 언어였다. 뒷모습이라는 제자리가 익숙했던 아버지였지만, 주파수는 항상 자식에게로 맞춰져 있음을 확인할 수 있었다.

큰아들이 넓고 쾌적한 새집으로 잘 이사했다는 대답이 이불처럼 포근하셨는지 더 이상 의식이 돌아오지 못했다고 한다. 결국은 이 질문이 마지막 유언이었다. 내게는 '이사 잘 했나?'라는 말씀이 '잘 먹고 잘 살아가라.'는 의미로 번역이 되었다.

몇 시간 후 아버지는 생의 마지막 터널을 지나셨다. 말없이 톱밥 화르르 쏟으며 항아리 속으로 거처를 옮기셨다. 그 후로부터 해마다 명절이면 아버지는 무척산에 있는 공원묘원에서 우리를 맞이하신다.

우리는 세계 안에 던져진 채 살아가는 존재, 즉 '피투성'이라고 했던 하이데거의 말이 떠오른다. 우리는 이 낯선 세상에 던져지자마자 원치 않게 자주 피투성으로 살아가게 된다. 보이지 않으나 확연히 느낄 수 있는 어떤 힘이 우리더러 속도전을 부추기고 있다. 서로 먼저 터널을 뚫고 지나가려고 아우성이다. 어쩌면 우리는 서로 과녁이 되고 있다. 견디지 못해 세상을 통째로 던져버리는 사람들도 점점 늘어나고 있다.

오늘도 터널 같은 세상에 던져진 나는 미소를 가득 충전하고 출발한다. 톱밥 먼지 속에서도 항상 미소를 짓던 아버지의 표정을 나도 모르게 많이 닮아 있었다. 오늘도 해야 할 일이 있다는 것만큼 소중한 것은 없다는 사실을 누구보다도 잘 겪으셨을 것이다. 조금만 방심하면 손가락이 잘려 나가는 피투성이가 되는 삶 아닌가. 나는 무척산에 계시는 아버지와 지금도 미소로 소통하고 있다. 어쩌다 긴 터널을 만나게 되면 무척 그리워지곤 한다.

가장 안전한 지대, 터널

차가 막힌다. 뭐든지 막히면 답답하다.

우물이 막히고 속이 막히고 날개가 막히고 길이 막힌다 .

돌아보면 수많은 길이 나를 밟고 가고

터널을 지나면 다시 터널이 시작되곤 했다.

지금도 내 앞엔 지뢰 같은 길과 계속 부활하는 터널로

붐빈다. 길이 막힌다. 속도가 막힌다. 그러므로

그제서야 입에 맺혀오는 이슬 같은 노래 한 바가지 마셔본다.

그리고 당신이라는 이름을 창에다 심어놓고

꽃향기의 시간을 기다린다. 시간 가는 줄도 모르게.

강풍에 차가 떠밀릴 듯 갑자기 세지는 구간이 있다.

둥근 심장을 꽉 움켜쥐게 된다.

태풍이 불 때 가장 안전한 지대는 터널이다.

터널이 많거나 깊은 사람이 여유롭다.

나무들도 태풍이 오고서야 격하게 야생의 기운을 되찾는다.

✦

사라지기 전에

어느 날 아무 말 없이 아버지가 사라지셨다. 한평생 일구어온 목재소에는 더 이상 인기척이 없었다. 그때까진 실감하지 못했다. 인생이란 사라진다는 것과 남겨진다는 것으로 나뉜다는 것을.

내가 장시간 운전 중일 때 매우 가끔씩 아버지가 나타나시곤 한다. '아버지, 운전 중에 문 여시면 어떡해요.'하고 뒤돌아보면, 한 그루의 아버지가 뒷모습으로 앉아계신다. 이것이 필생의 절절한 눈빛이셨다는 것을 이제는 안다. 가파른 고갯길 넘고서 다시 뒤돌아본다. '벌써 사라지시면 어떡해요.' 어느새 톱밥 냄새만 남겨져 있을 뿐, 빈자리만 나를 보고 있다. 아마 아버지는 생전에 어음을 부도내놓고 사라져버린 거래처들을 찾아다니고 계실지도 모른다.

작년에 이어 올여름에도 문경새재로 휴가를 갔다. 조선 팔도 고갯길의 대명사요 우리나라의 대표적인 고개이다. 올해에는 특히 우리 가족 모두가 동행하여 문경새재유스호스텔에 머물렀다. 그동안 다섯 식구들이 각자의 일에 치중하느라 마음을 하나로 모을 겨를이 없었다. 그리하여 점점 벌어져가는 틈새로 인해 서로 간에 보이지 않는 빗장이 종종 감지되었던 것이다.

아스팔트 길이 사라지면 문경새재 20리 옛길이 시작된다. 이름만 들어도 힘줄이 우두둑 돋아나는 백두대간의 산줄기다. 우리나라를 대표하는 큰 고개들은 일제히 백두대간에 걸려 있다. 여기만 오면 내 마음이 옛길 따라 고갯길 따라 과거길 따라 장쾌하게 흐르는 감흥에 잠긴다.

가만히 뒤돌아보면, 어쩌다가 '옛길'이란 낱말이 이토록 낯설어지기 시작했을까. 점점 사라져가는 옛길은 속도에 떠밀리면서 점점 사라지고 소외되어가는 현실이 안타깝다. 이것은 마치 내게서 사라진 아버지의 존재감과 흡사하다. 과속에 못 이겨 번아웃되었을 때에야 비로소 나는 잊혔던 옛길을 마법의 주문처럼 떠올린다. 그러면 오래 기다렸다는 듯이 나타나는 한 그루의 아버지를 뒤늦게 느끼게 된다.

제1 관문이 시작되기 전에 옛길박물관이 매력적인 품새로 맞이한다. 우리나라 문화지리의 보고이자 길 박물관이다. 여기엔 아버지를 수십 차례 낙방 길처럼 벼랑으로 내몰았던 어음도 전시되어 있다. 보부상들의 절벽 같은 어깨를 꽉 붙잡고 있는 소나무 지게가 너무 앙상해 보여 슬펐다.

주흘관에 들어서면 신발을 벗는 사람들이 있다. 비단결 같은 자연 그대로의 흙길에 사람의 맨 밑바닥을 드러내는 일이다. 그리고 감히 옛길의 가슴을 밟는다. 밟을수록 빛나는 옛길이다. 옛길은 우리의 삶의 무게를 거절없이 다 받아준다. 우리는 다만 걸을 뿐이지만 옛길은 오랜 지혜와 노하우를 우리 생의 밑바닥에 넘치도록 채워준다. 내가 멈추면 옛길도 똑같이 멈춰 서서 내가 다시 시작할 때까지 기다린다.

우리는 조령원터에서 다양한 포즈로 가족사진을 찍었다. 참으로 오랜만에 한 화면 속에 우리가 있었다. 우리가 그토록 기다리던 건 바로 우리였던 것일까. 흩어졌던 마음들이 조금씩 한 곳으로 모여드는 것 같았다. 고갯길 넘던 새들도 쉬어가는 주막을 보니, 막걸리 한 잔에도 금세 빨개지는 아버지와 나의 기질이 그대로 포개졌다. 그리고 일제의 송진 채집 때문에 거대하게 '상처 난 소나무'는 병원에서 고목처럼 누워계시던 아버지의 흉터 같아서 오래 머무를 수밖에 없었다.

제 2관문인 조곡관이 가까워지면 문경새재 아리랑을 전수받은 수정 빛 계곡 물소리가 주인장이다. 무르익은 계곡 물소리가 소나무들의 부르튼 발목을 적시며 어찌나 맑은 음표로 내 귀를 쉴 새 없이 울려대는지, 마치 내가 계곡을 따라 신바람 나게 흘러가고 있다는 기분이 스며든다. 여기에는 누구나 자연과 하나가 된다. 조선 정조 때 세웠다는 한글로 된 비석의 '산불됴심비'가 '귀불됴심비'로 읽혀진다.

  조곡관을 지나면 드디어 마지막 관문으로 이르게 되는 옛길 따라 장원급제길이 두근거리며 보인다. 덤으로 입시 철만 되면 북적인다는 책바위를 만난다. 우리 가족의 삶에 장원급제의 기운을 주섬주섬 하는 눈빛을 수북하게 쌓는다. 그리고 이제 마지막 오름 길이다. 백두대간을 넘는 길인 조령관에서 숙종 때 발견했다는 약수물을 보약처럼 마신다. 여기가 도시로부터 가장 멀어진 곳이라서 그런지 마치 고향에 돌아온 것 같았다. 그렇다. 지금, 이 순간만큼은 완벽한 귀향이다. 지금이야말로 생의 절정이다. 한순간만이라도 진심으로 행복하면 그것으로 이미 충분히 아름다운 삶 하나 건진 것이리라.

  우리 가족은 다시 옛길을 물 흐르듯 내려오기 시작했다. 산 정상에서 다섯 물줄기로 내려오다가 숙소에 도착할 즈음에는 하나의 강물로 합쳐져서 흐르는 것 같았다.

  나는 인생의 가파른 고빗길을 만날 때마다 아버지는 어떻게 뛰어넘었을까를 종종 떠올려보곤 한다. 아버지는 내게 옛길이요 옛길에 가득 차 있는 나무다. 아버지의 아버지, 아버지라는 오래된 옛길이 존재하기에 나도 아버지라는 길을 따라 개울물처럼 흐르고 있는 것이다.

  어느덧 어둠이 깊이 내려앉았다. 첫 관문이었던 조홀관의 입구가 이제는 우리에게 출구가 된다. 우리는 다시 조금씩 옛길에서 멀어지기 시작했다. 그때였다. 등 뒤에서 누군가 부르는 것 같아 뒤돌아보았다. 익숙한 목소리였는데 땅거미에 가려져서 보이지 않았다.

  잠 못 이루는 깊은 밤, 무언가에 홀린 듯이 비망록에 기록했다.

  '옛길로 가는 길은 나를 만나는 길, 옛길로 향하는 길은 내 안으로 들어가는 일. 세상의 모든 길은 옛길에서 완성된다.'

  나도 언젠가 이 길에 포함될 것이다. 사라지기 전에, 내 길을 밟게 될 자녀들을 위해 문경새재 옛길을 내 안에 들여놓아야겠다. 사라지기 전에, 사라지지 않기 위해….

✦

세상에서 가장 아름다운 나무

수많은 길이 있습니다.
간절한 발걸음이 쌓여 길이 됩니다.
세상에서 가장 아름다운 길은
당신에게로 뻗은 길입니다.
있는 그대로의 나를 간절히 기다리느라
발걸음 수북 쌓인 당신의.

수십 년 동안 제자리만 지킨 죄밖에 없는데
활처럼
　　　휘
　　　　　어
　　　진
앙상한 그림자 나무

담양 죽녹원. 주차장으로 가는 긴 언덕배기에서
쇠지팡이를 짚고 있는 나무,
시멘트로 곪은 부위를 감춘 나무들을 보며 지나가며
자꾸 다시 뒤돌아보게 된다.
'난 괜찮으니 얼른 가게나~.' 말하듯 손 흔들어주는 나무,
'네, 더 열심히 잘 살게요.' 내 눈시울을 흔든다.

낙타 그림자

"도대체 사막은 언제 어디까지가 끝인가요?"

사하라 사막에도 길이 있는가. 사방이 무궁무진한 길로 열려 있다. 길이 너무 넓고 많기에 여기가 끝인 줄 알고 짐을 내려놓으면 다시 사막이다. 우리는 모래알처럼 무수한 사연으로 사막에 갇히곤 한다. 누구든지 먼지처럼 부유하던 삶이 사막으로 내던져지면 낙타를 호출한다. 낙타는 불안과 두려움에 푹푹 빠진 사람들에게 길이 되고 기꺼이 등을 내어 준다.

사하라, 사하라만 떠올리면 어머니라는 낙타의 등에 업히던 시절이 생각난다. 낙타 곁에만 있으면 일만 년 전의 사하라의 모습이었던 풍요로운 초원과 강물의 윤슬이 느껴졌다. 나는 가끔씩 무의식의 주머니에 꼭꼭 숨겨놓았던 각진 모래알들이 주체할 수 없이 터져나올 때가 있었다. 그럴 때마다 낙타의 눈물샘으로부터 깊고 따스한 물이 은밀하게 흘러나와 모래를 말끔히 씻겨주었다. 낙타의 눈은 항상 젖어 있었다.

가끔 내가 살고 있는 아파트 계단을 청소하시는 할머니와 마주친다. 막대걸레로 닦아도 지워지지 않는 것들은 일일이 허리를 굽혀 긁어내신다. 네모난 창문으로 쏟아지는 햇살이 할머니의 머리에 포개지고 있노라면, 계단의 바닥에는 범상치 않은 그림자가 할머니를 떠받치고 있다는 사실을 눈여겨보게 된다. 나는 이러한 풍경을 쉽게 지나치지 못한다. 얼마 전까지만 해도 어머니가 똑같은 일을 하고 계셨기 때문이다.

해마다 자식들은 올해부터는 쉬시라고 했지만, 어머니는 '올해만 더.' 하시더니 10년을 채우셨다. 전반기에는 용돈을 벌기 위해서였다면, 후반기에는 돌아가신 아버지의 부재를 조금이라도 잊기 위해서였다.

아버지의 장례식이었다. 발인하는 날, 아직은 모두가 잠들어 있던 이른 새벽이었다. 갑자기 모래 폭풍 같은 소리가 들려서 가족들이 일제히 깨어났다. 우리가 벼락 맞은 기분으로 바라본 것은 바로 어머니였다. 바닥에 바짝 엎드린 어머니로부터 낙타 그림자가 흘러나와 선명하게 보였다. 그림자가 울고 있었다. 우리는 그저 평범하고 익숙하게만 보아왔던 어머니의 뒷모습에서, 당황스럽고 낯설게 변한 어머니의 삶을 더듬거려 보아야 했다.

어머니의 발목을 꼭 쥐고 있는 그림자는 지하 70층 깊이의 아찔한 심연이었으리라. 70년 세월 동안 층층마다 켜켜이 퇴적되었을 생의 기후를 떠올려보았다. 얼마나 많은 날씨들이 다녀갔을까. 측량할 수 없을 만큼 대기가 불안정했을 그 넓이와 깊이에, 나는 한없이 까마득해질 수밖에 없었다.

사하라 사막의 기온은 보통 40도를 웃도는데, 밤이 되면 순식간에 으스스 추워진다. 급변하는 일교차 때문에 암석은 빠르게 붕괴되어 모래로 몸을 바꾼다. 어머니의 낙타 그림자 속에는, 틈새만 생기면 하이에나처럼 들이닥치는 시련에 부서지다가 모래로 흘러가곤 했던 상흔이 고스란히 남아 있을 것이다. 그러나 어머니는 변함없이 매일 새벽을 깨웠고, 따스한 밥상을 차려놓고 "일어나라." 한 마디로 우리를 일으켜 세우셨다. 생선 같은 먹을 것 앞에서는 언제나 "나는 마이 무따. 느거나 마이 무라."라고 하시며, 돌아서서는 단련된 입으로 가시를 드셨다.

폭풍, 고독이나 우울, 무력감이나 단조로움 같이 아무리 변화무쌍한 날씨들이 삶에 끼어들어도, 어머니는 뛰어난 내성으로 적응하셨다. 어머니는 이미 낮과 밤의 일교차, 비바람과 폭풍우 모두가 우리 삶의 일부라는 것을 넉넉히 받아들이셨다. 그리고 이러한 특별한 순간이야말로 내가 살아 있다는 의미이자 내일을 위한 성장점이요 인생 최고의 신화적 순간이라는 깨우침을 우리들에게 과묵하게 비춰주셨다. 이러한 순간들의 빛과 그림자들이 어머니의 삶을 숭고하고 가치 있게 만들어주는 것 같다.

니체는 낙타를 두고 타인이 강요하는 짐을 지는 무기력한 존재라 의미를 부여했다. 하지만 어머니라는 낙타는 스스로의 의지로 모든 짐을 도맡으셨다. 그리고 우리들에겐 사자처럼 자신의 삶을 결정할 수 있는 의지라든지 삶을 놀이처럼 즐길 수 있는 어린아이의 역할을 맘껏 할 수 있도록 북돋아 주셨다. 어느덧 세월이 흐르고 우리가 생활 전선에 전력을 다하는 사이에 어머니는 등뼈의 혹이 쭈그러지고 말랑말랑해져서 점점 등압선 같은 주름으로 잔물결 치고 있었다.

어느 날 전화가 왔다. 이번에는 눈 수술을 할 거라는 어머니의 음성이었다. 어머니는 심한 모래폭풍이 불어와도 얇은 눈꺼풀만 내린 채 똑바로 눈을 뜨고 생의 사막을 횡단해오시다가 눈에 정체 모를 이물질이 박히게 되었다. 어머니는 자신의 몸을 위해 치료비를 쓰는 것이 낭비라 여겼고, 게다가 수술하면 장기간 아파트 일을 못 하게 될까 봐 오랫동안 미루고 미루면서 계속 근무를 강행하셨다.

어머니는 사물을 바라볼 때마다 사하라 사막에서 발견된 동굴 암벽이 시야를 가로막는 기분이셨을 것이다. 아파트 계단을 청소하실 때에도 암각화를 닦는 듯했을 것이다. 어쩌면 그 암벽의 그림들은 어머니의 그림자 깊숙이 꾹꾹 눌러 놓고 애써 모른척 해왔던 욕망이 아닐까. 거기에는 일만 년 전에 그려진 것으로 추정되는 코끼리와 기린들, 그리고 푸른 나무들이 반짝거리며 바깥으로의 해방을 기다리고 있을지도 모른다.

세상의 모든 것은 빛난다. 무조건 빛나는 것은 아닐 것이다. 먼저 그 사물이나 동물을 내 마음에 한없이 가까이 두고, 나아가 그것의 본질적인 성스러움을 발견하고 공명할 때에야 비로소 오로라처럼 영롱하게 빛날 것이다.

여기, 영원히 꺼지지 않고 빛나는 존재가 있다. 바로 낙타이다. 어머니라는 낙타가 비추는 영혼의 빛으로 인해, 비로소 내 그림자가 훤하게 드리워진다. 사막이 눈부시게 아름다운 건 사막 어딘가에서 나를 향한 낙타의 무한한 기다림과 그 음성이 별처럼 빛나기 때문이다. 오늘도 낙타의 발걸음으로 세상의 모든 길이 열리고 있다.

✦

내겐 너무 무거운 낱말

어제, 통화 내용.
"오마니, 내일 두 시쯤 거기 가 있을 겁니다."
"여기 일 있나?"
"그냥 밥 묵으로요."
"와? 밥이 떨어져 버렸나~."
지금, 가는 중.
한 끼 밥 묵으러 왕복 10만 원 기름과 톨게이트비 같은 팁 내고
무더위 햇살 가리개, 구름과 도로 좌우 초록 병풍들은
무료.
그리고 오늘만큼은 전력을 다해
속력으로부터의 *완전한 자유*

손을 뻗는다. 사과에게 닿기 위해 혼을 뻗는다. 벽에 스며드는 나를 본다. 스며 나가는 나비를 본다. 수많은 문자들이 한없이 나를 지나간다. 몇몇만 내게 머물러 있다가… 쏟아져 내린다. 아직 내가 그 활자들의 무게를 견디지 못하므로, 특히 어머니라는 낱말은.

오늘 아침에 어떠한 부고 소식이 전해졌고 어머니가 내게 전화를 거셨다. 한없이 울고 계셨다. 화강암조차 녹일 듯한 열기와 소용돌이치는 잿가루를 급하게 막아야 했기에 나는 몇 가지 질문을 소화기처럼 뿌리며 불을 끄고 있었다.

자꾸만 떠나는 사람이 많아진다. 나는 섬에 점점 가까워지는데, 섬은 자꾸만 점점 멀어져간다.

오늘 아침 일곱 시.
아직도 시린 눈빛 가득 품은 달이
편히 잠들지 못한 채 허공을 버티고 있었다.
아직 내가 어두울까 봐 내 발목에 길을 놓아주고 있었다.
내가 비둘기를 신고 시동 켜는 걸 확인한 다음에야
문 닫고 불을 *끄*신다.

✦

고향 찾은 어머니께

　오늘처럼 화창한 미소, 처음입니다. 이처럼 풍성한 여유, 어느 일기장에도 없었지요. 칠순이 다 될 때까지 일평생 일손 놓지 않으시던 어머니. 아버지가 돌아가신 수년 전부터 이미 허물어진 뼈마디, 더욱 동여매어 더 고집스레 일하셨습니다. 닳고 닳아버린 뼈, 요동치며 더 이상 못 걷겠다고 파업을 하고서야 분주한 일상 접으셨죠. 꿈에도 그립던 고향조차, 몇 번의 방문만, 쫓기듯 허락받았었던 생! 오늘, 고향 땅 밟으신 노을빛 눈물 앞에 죄송함으로 흥건히 감전됩니다. 고향 집 언니와 숱한 사연 나누는 모습. 어머니는 서서히 처녀가 되었다가 소녀로 변했다가 세상에서 가장 아름다운 여인이 되었습니다. 이제, 원 없이 자유하세요. 이제, 아낌없이 어머니를 위해 사세요.

✦

내 인생의 못갖춘마디

아직도 내겐 슬픔이 우두커니 남아 있어요
그날을 생각하자니 어느새 흐려진 안개

장맛비가 웅장하게 내린다. 기립한 나무들이 빗줄기에 사무치게 젖어 드는 걸 보며 생각한다. 이런 날이면 쉬셔도 될 텐데, 오늘도 새벽에 일어나셨을까. 어렴풋이 오토바이 소리가 멀어진다. 아버지는 눈만 뜨면 어김없이 나무에 홀린 듯이 목재소에 다녀오셨다. 아침을 드시러 올 때마다 허름한 옷 주머니에는 톱밥이 억척스럽게 달라붙어 있었다.

바닥 치는 빗소리의 선율에 귀를 세우며 나즈막한 웅덩이를 바라본다. 고여 있는 흙탕물 위로 튀어 오르는 빗방울들이 마치 고향으로 거슬러 올라가는 연어떼의 몸짓 같아 보인다. 우리 가족은 고향을 떠나 썰물처럼 밀리고 밀리다가 쪽방으로 정착했다. 어음 부도를 연거푸 맞은 데다가 영영 받지 못하게 된 미수금이 너무 많았다. 얼마나 자주 집을 옮겼던지 주민등록등본에 적힌 주소는 고향 집으로부터 까마득히 멀어져 있었다. 비가 오지 않아도 빗소리에 잠겼다.

그 집에는 여섯 식구가 누우면 더 이상 팔을 펼칠 공간이 없었다. 더 이상 밀려날 곳도 없는 방바닥에서 우리는 날개를 고이 접은 자세로 잠이 들곤 했다. 폭우가 퍼붓던 어느 날 밤, 우리는 잠결에 등이 홍건하게 젖는 것을 느꼈다. 방 안까지 빗물이 넘어온 것이다. 쪽배에 물이 들이닥친 기분으로 정신없이 퍼내기에 바빴다. 바닥과 바닥 사이에 젖지 않은 것이 없었다. 바닥이 바닥날 때까지 우리는 햇살을 기다려야 했다.

빈 밤을 오가는 마음 어디로 가야만 하나
어둠에 갈 길 모르고 외로워 헤매는 미로

새로운 세계가 그리워서였을까. 나는 대학을 졸업할 무렵에 홀로 서울로 훌쩍 떠났다. 거기서 일을 하면서 결혼도 하고 금세 다섯 식구가 되었다. 거기서도 어김없이 비가 내렸다.

운전면허도 없이 오토바이를 몰며 책을 배달하고 있을 때였다. 갑자기 빗길에 미끄러졌는지 순식간에 마주 오던 차의 모서리와 부딪혀서 도로 위에 나뒹굴었다. 소나무 껍질 같은 바닥이 나의 맨살을 길게 긁으며 얼마간의 피를 요구했다. 빗물이 고인 바닥에 누워 있던 그 짧은 순간에 많은 생각들이 스쳐 지나갔다. 내가 왜 이 지경까지 왔을까. 그토록 성실하고 정직하게 살아왔는데…. 또 다른 나의 이름은 피투성이였다.

그랬다. 좋은 회사에서 잘나가던 나를 시샘하여 벼랑으로 몰아세우던 권력이 있었다. 낙엽처럼 매달린 채 도와줄 지원군을 찾았지만 아무도 손을 내밀지 않았다. 그토록 살갑게 술잔을 부딪치던 그들은 자신의 인사고과에만 목숨줄처럼 매달려 있었다. 게다가 착실하게 모아둔 돈을 빌려 간 사람들은 수많은 사연을 지어내며 갚지 않았다.

응급 치료를 받고 돌아온 나의 안식처는 우리 다섯 식구가 겹쳐 누워야 잘 수 있는 큰 방이었다. 작은 방은 너무 작아서 책상 하나와 책들이 거처하기에도 버거웠다. 우리 가족은 이 집 이름을 귀뚜라미 집이라고 지었다. 수시로 귀뚜라미가 출몰했다. 자다가도 만져지고 식사할 때도 서성거렸다. 우리가 외출해서 다녀오면 귀뚜라미들이 애견처럼 폴짝폴짝 마중나왔다. 그런데 우리 세 자녀에게서 단 한 마디의 불평도 들은 적이 없었다. 다만 귀뚜라미집에 사는 동안 단 한 명의 친구도 데려오지 않았다.

누가 나와 같이 함께 울어 줄 사람 있나요
누가 나와 같이 함께 따뜻한 동행이 될까

눈앞에서 빗줄기가 잠시 멈춘다. 그 사이에 쏟아내리는 고요함이 나를 한 달 전의 거리로 데려간다. 30여 년 만에 옛친구를 만나러 부산으로 내려갔다. 다대포항 앞에 작은 가게를 시작했다는 것이다. 그녀는 목발 없이는 걸을 수 없었다. 나는 쪽방 같은 가게로부터 걸어 나오는 그녀를 하마터면 못 알아볼 뻔했다. 예전의 이미지와는 많이 변했던 것이다. 귀부인 같은 외모에 어쩌나 화통하게 대화를 주도하던지, 나는 진심으로 마음이 놓였다. '잘 이겨냈구나.'라는 안도감으로 시원한 팥빙수를 주문했다.

그런데 빙수를 만들러 가는 그녀의 뒷모습을 보며 깜짝 놀랐다. 어쩌면 저렇게 30년 전의 모습과 똑같을까. 그랬다. 그녀는 변함없이 목발에 갇힌 새의 모습이었다. 여전히 밑바닥은 그녀의 못갖춘마디 같은 발을 노리고 있었다. 그렇지만 가게 안쪽에서는 부드러운 음악이 날개를 퍼덕이며 계속 흘러나오고 있었다.

그녀를 보면서 문득 아버지의 이미지가 겹쳐졌다. 나무 지팡이를 지탱하며 걷던 모습이다. 그러고 보니 원래부터 아버지는 다리 한쪽을 절뚝거리는 장애인 신분이셨다. 첫 발을 내딛을 때마다 항상 못갖춘마디처럼 세상을 한 박자씩 낮추어야 하신 것이다. 그 몸으로 수천 그루의 나무들을 하나 하나 어깨에 메고 다녔던 것이다. 격심한 폭우 속에서도 떠내려가지 않은 것은 바로 이 삶의 무게 때문이 아니었을까.

다시 비가 내리기 시작한다. 이제 지금 내가 정착해 있는 집으로 가려고 일어선다. 얼마 전에 우리 가족은 천안으로 이사를 왔다. 우리 명의로 된 아파트에서의 첫날을 생각하면 아직도 가슴이 뛴다. 이렇게 넓고 쾌적한 곳에 우리 가족이 생활하게 된다는 사실이 믿기지가 않았다. 그리고 더 이상 주소지를 옮기지 않아도 된다는 든든함이 큰 위안과 도약의 발판이 되었다. 이 보금자리가 얼마나 낯설고 포근하고 신기한지 첫날 밤엔 잠이 오지 않을 정도였다.

이렇게 갖춘마디가 되기까지는 불완전소절이 있었기에 가능했다. 나는 무척산에 누워서조차 나무를 베고 계실 아버지의 목재소와 서울 웅암동 산중턱의 귀뚜라미집 한

채를 통째로 내 가슴에 부려놓고 있다. 내가 내리막길에서 죽을 만큼 힘들고 지칠 때, 오르막길을 오르고 올라도 끝이 없어 보일 때, 바로 그때 이것들을 악보의 첫 마디에 호출한다. 나무 베는 소리와 귀뚜라미 소리가 시작되면, 나는 어느덧 생의 리듬 속에 진입해 있다.

> *사랑하고 싶어요 빈 가슴 채울 때까지*
> *사랑하고 싶어요 사랑 있는 날까지*

빗줄기가 가파르게 지상을 내리꽂고 있다. 누군가의 우산 하나가 뒤집혀진다. 이토록 젖은 얼굴. 이토록 보이지 않는 가벼움.
그러나 이젠 온몸이 젖어도 가족은 젖지 않는다.

✦

쉬는 날, 우리 가족 나들이. 아산시 영인산 자연휴양림.
조용히 산책이나 하려다가 막상 도착하자마자
줄줄줄 내게서 말이 터졌다.
잎새에 밀려 소외되고 있는 단풍꽃에 대하여.
맘까지 파랗게 색칠해주는 물푸레나무에 대하여.
내가 좋아하는 아카시아의 외유내강에 대하여.
소나무가 어디에 씨앗을 품는지에 대하여.
갈대와 억새, 창포꽃의 역할과 뿌리에 대하여.
선인장 가시와 사막 생존에 대하여.
가로수로 인기짱인 메타세쿼이아 나무에 대하여.
민들레 씨앗의 생존을 위한 씨앗에 갓털 달기에 대하여.
향기 좋고 향수로도 쓰인다는 때죽나무에 대하여.
담쟁이덩굴이 어떻게, 왜, 벽과 나무를 타고 오르는지에 대하여….
평소에 쌓아두었던 지식인데,
워낙 집에서는 말이 없는 내가
오늘은 수다맨이 되었다.
오늘만 같아라.

기다림은 잠들지 않는다

"안 돼. 꼭 가야 해!"

"싫어. 난 바빠."

아내와 딸이 힘겨루기를 하고 있었다. 팽팽한 대립에 내 귀도 바짝 세워졌다.

고등학교 1학년인 딸이 세계도덕재무장 한국지부로부터 모범단원 표창장을 받게 되었단다. 그런데 시상식을 서울에서 하는데, 딸은 시험공부를 해야 하므로 가고 싶지 않다는 항변이다. 누구 편을 들어야 할까.

도돌이표 안에서만 까슬하게 맴도는 불협화음이 그치지 않았다. 그 행간의 의미를 한참 해독하고 있던 나는, 마침내 모종의 결단을 내린 듯 그 씨름터를 향해 심판처럼 다가갔다.

"상 받지 마! 네 성품이 형편없기 때문이야."

딸은 당황한 듯 울먹이며 퇴장했고 아내는 섭섭한 듯 보였지만 아무 말 없이 판정에 동의했다. 누가 승자인가. 서울에 안 가게 된 것으로 봐선 딸의 승리이다. 하지만 성품이 모자란다는 혹독한 평가를 받은 터라 어쩌면 서러움의 감정이 더 격했으리라. 그 뒤로 며칠간은 서로 말이 없어진 상태가 지속되었다.

나는 왜 그런 독한 말을 했는지를 설명해주고 싶었지만, 그냥 참기로 했다. 스스로 답을 찾길 바랐던 것이다. 이것은 생각이 깊은 딸의 성정을 믿기 때문에 가능한 기다림이었다. 기다림, 특히 자녀를 위한 기다림은, 시작되는 순간부터 불안과 걱정이라는 산맥이 우두둑 솟아나는 것 같다. 속도에 조급해져서 서둘러 터널을 뚫으려고 하다가는 일방통행 고속도로만 되기 십상인 것이다.

밤이 별빛에 마음을 쬔다

어느덧 두 달이 채워질 무렵, 내 생일이 또다시 돌아왔다. 일 년을 기다려준 내 생일의 얼굴이 촛불같은 미소로 타오르고 있었다. 딸의 편지도 내게 도착했다.

안녕하세요. 셋째 딸 은경입니다.

요새 딸이 독서실과 학원을 순회하느라 얼굴도 잘 못 비추죠? 쉬엄쉬엄해라 하시게 할 정도로 말이죠. 그렇지만 제 직장은 청수고등학교이기 때문에 아직까지는 본업에 충실하려고 합니다. 물론 가족보다 공부를 우선시하겠다는 것은 아니에요. 점점 커가며 가족의 소중함을 깨달아가고 있기에 마음속 1순위는 언제나 가족입니다.

사실 이 편지를 통해 드리고 싶은 말이 있었어요.

저번에 상을 받으러 가는데, 시험을 앞둔 상황이라 가기 싫다고 투정부렸을 때, 제 행동을 보고 실망하셨잖아요. 그때 제가 울음을 터뜨린 이유는, 알게 모르게 아빠가 제 편에 서 줄 것이라는 믿음이 있었나봐요. 항상 유유하게 있어주시고 챙겨주시는 아빠에게 무의식적으로 의지하게 된 것 같아요.

그렇지만 아빠 입장에선 제 행동이 그릇된 것이었기 때문에, 이 부분에 대해서는 경솔했다고 사과드리고 싶었어요.

사실 미안하다고는 아빠가 먼저 말하신 것 같아요. 제가 울고 집에 돌아온 후 집에 먹을 것들을 잔뜩 사놓으셨거든요. 그때 사과했어야 했는데… 저는 항상 한 발이 늦네요.

집 안에서는 무뚝뚝하지만 누구보다도 부드러운 남편이자 아버지요, 바깥에서는 누군가에게 동심을, 희망을, 꿈을 심어주시는 어린왕자이며, 글 속에서는 활자 하나하나에 회고를 담으며 성찰하는 철학자인 아빠 김영곤 씨. 딸이 이런 과분한 아버지의 역량에 맞게 올곧게 성장하겠습니다.

2020년 생신 축하드립니다. 앞으로도 더 많은 생신을 함께 맞이했으면 좋겠어요.

사랑하고 감사합니다.

2020. 1. 21. 김은경 올림

역시 기다린 보람이 있었다. 나의 진심을 알아주는 속깊은 딸이 대견했다. 답장을 보내지는 않았지만 이렇게 써보내고 싶었다.

은경아. 겉으로 보기에는 상장 하나에 불과하지만 이것은 하나가 아니란다. 여럿의 하나란다. 수많은 학생들이 존재하지만 특별히 너를 지목하고 너를 위해 이 상을 추천해준 봉사단체의 마음이 담겨 있고, 학교 교장과 선생님들의 고마운 동의가 수북 쌓여 있지. 또한 한없이 기뻐하고 축복해줄 가족의 응원이 여백에 가득 담겨 있지.

그러므로 난 네가 상에 대한 예의를 갖추어야 한다고 생각했던 거야. 가치를 떠나 어떠한 상이든지 정중한 마음으로 받아야, 앞으로도 상이 너의 진심을 알아보고 너를 끝까지 기다리며 찾아올 것 아니겠니. 자신이 무시당한다고 느껴지면 점점 상은 까칠해지겠지.

내가 버럭 화를 냈었지. 성품이 안 좋다고. 너만큼 좋은 성품을 가진 아이가 지구상에 얼마나 더 있겠니. 다만, 상에 대한 예의, 바로 이 예의가 부족하다는 말로 이해했을 줄 안다.

한때 나는 돈을 꼬깃꼬깃 보관하는 습관이 있었단다. 그러나 누군가가 이렇게 말해주었지. 돈을 소중하게 다루어주어야 돈이 들어온다고. 그래서 웬만하면 지폐를 가지런히 지갑에 넣는 자세로 세상을 살다보니 이젠 제법 생활이 줄줄 새어나가지는 않더구나.

그리고 고맙다. 그날 내가 과자를 잔뜩 사두었던 속내를 정확하게 읽어주어서.

나는 늘 기다리는 사람이다. 아빠가 된 이후부터는 자녀를 향한 기다림을 멈춘 적이 없다. 누구나 그렇게 된다. 그리고 나는 기다림을 기다리는 사람이다. 나를 기다리는 사람을 위해 진정성 있는 무대로 보답한다. 때론 기다림을 받는 사람이기도 하다. 나를 중심에 놓고 언제나 새벽기도를 멈추지 않는 어머니가 오늘도 내가 무탈하도록 기다리신다.

한없이 기다린다는 것, 그리고 기다리는 동안 설레고 행복한 기분이 넘치는 것, 이 얼마나 소중한 일상인가.

밤이 별빛에 마음을 쬔다

✦

뒷모습

찰칵, 뒷모습을 찍었다. 초등학교에 다니던 세 아이들의 완벽한 뒷모습이었다.

그들은 해변에서 각자 모래 쌓기나 돌멩이 밟기, 또는 바닷물에 듬성듬성 돌출되어 있는 바위를 건너뛰고 있었는데, 어느 순간 그들은 바닷물에 반쯤 다리를 잠그고 바위처럼 서 있었다. 세 아이들은 스스로 모든 동작을 멈춘 채, 일제히 탁 트인 바다를 뚫어져라 응시하고 있었다. 눈앞에는 하늘과 바다, 구름과 파도, 그리고 눈부신 햇살들이 아이들의 가슴 속으로 가득 넘실거리고 있었다.

나는 형언할 수 없는 묘한 이끌림으로 나도 모르게 아이들의 뒷모습을 찰칵, 선명하게 담았다. 뒷모습만으로 이토록 벅차게 아름다울 수가 있다는 사실을 그제서야 깨달았다. 그리고 새삼스레 다시금 내 마음 속으로 다짐하는 것이었다. 앞으로 망망대해처럼 펼쳐질 아이들의 삶을 등 뒤에서 파도치듯 힘차게 응원해주리라고. 때론 기암절벽을 넘어야 하고 폭풍을 뚫고 전진해야 할 너희들의 여정을 끝까지 지켜봐주겠노라고. 나는 언제나 뒤에서 든든한 제자리가 되어, 너희들이 마음껏 흐르는 모습을 지켜보겠다고….

우리는 살아가면서 끊임없이 누군가의 뒷모습을 보거나 보이게 된다. 많은 시선들이 거리마다 북적거린다. 하지만 내 삶의 뒤안길에서 진심으로 변함없이 머물며 응원해주는 시선은 과연 얼마나 될까?

얼마 전의 일이다. 행사를 위해 단양군 대강면에 도착했다. 그러나 시간이 너무 남은 탓에 근처 개천에 나를 부려놓았다. 달리 있을 만한 곳이 없었던 것이다. 그동안 전국을 누비며 공연을 다니느라 수많은 개천들을 지나왔다. 하지만 나 홀로 꼼짝도 않고 오직 한 곳에서 한 시간이 흐르도록 흐르는 물을 응시하기는 처음이었다.

개천은 약간의 경사가 있었다. 흘러내리는 물줄기의 병목 지점은 가파른 급경사였고 바윗돌 하나가 제자리를 지키고 있었다. 자세히 보니, 위에서부터 조용히 흐르던 물이 바윗돌을 에둘러가는 부위에서는 끊임없이 소리를 토해내고 있었다. 잠깐 둘로 갈라진 물줄기가 바윗돌을 반쯤 휘돌아 다시 하나로 합치는 과정에서 쏟아져 나오는 소리였다. 나는 이 광경을 보면서 왠지 익숙하다는 감정을 계속 느끼게 되었다. '그게 뭘까?'라는 생각으로 흐르느라 내 발이 오래 뿌리내리고 있다는 사실도 잊고 있었다.

나는 아무것도 하지 않았다. 다만 커다란 돌을 지나 멀어지는 물만 아득하게 바라보고 있었을 뿐이다. 생각이 점점 굽이치자 어떤 친숙한 이미지가 연상되기 시작했다. 문득 내 몸이 반쯤 물에 잠긴 바윗돌의 형상으로 앉아있는 것 같았다. 그러자 내 몸을 에둘러 지나가는 물살의 소란이 아이들의 왁자지껄한 목소리로 느껴졌다. 드넓은 세상을 향해 거침없이 흐르는 물의 뒷모습을 단단하게 바라보는 나는, 이미 반쯤 바윗돌이었다.

바윗돌은 항상 제자리를 지키고 있다. 그는 항상 물의 뒷모습과 물이 흘러가는 곳을 함께 바라보고 있다. 나는 아주 잠깐 무의식적으로 상류를 향해 눈을 들었다. 그러다가 불현듯 나를 바라보는 듯한 바윗돌에 내 시선이 바짝 붙었다. 마치 내가 나의 뒷모습을 응시하는 사람을 처음 발견이라도 한 듯이 나를 멈추었다.

찰칵, 찰칵찰칵, 이미 나도 오래전부터 찍히고 있었다. 나의 등 뒤에서 나의 걸음걸음을 단 한 번도 놓치지 않으시던, 그분은 새벽마다 늘 앉아 있던 제자리에서 무릎 꿇고 계시던 거대한 바윗돌이었다. 나도 모르게 시야가 타닥타닥 희부옇게 뭉클해지고 있었다.

'그래. 그렇구나. 그랬었구나. 그래야겠구나.'

요즘 들어 자꾸 뒤를 돌아보게 된다. 300킬로미터 떨어진 거리에 놓여 있는 바윗돌이 풍화작용이 심해져서 자주 주저앉거나 무릎을 앓는 까닭이다. 얼마 전에는 호흡이 갑자기 답답해져서 급하게 병원에 다녀왔다는 전화와 함께 병원비가 지출되어서 미안하다고 하신다. 뭐가 그리 미안하실까. 누가 정말 미안해야 하는 것일까.

부쩍 푸석푸석해진 바윗돌을 한 음 한 음 짚어 본다. 왜 이리 뒷모습이 많은가. 왜 이리 어두워졌나. 왜 이리 움푹해졌나. 그 적막한 뒤란길에서 나는 자주 부재중이었다.

오랜만에 전화를 했다. 마침 지인들과 어울리다가 받으신 전화기로부터, 평소보다 더 힘줄이 느껴지는 목소리가 카랑카랑 물결쳐왔다.

그럴 때가 있다. 목소리 하나만으로도 뒷모습의 얼굴에 완벽한 초승달이 떠오를 때가. 찰칵, 뒷모습이 완성되었다.

✦

아무도 모서리를 드러내지 않는다

해마다 명절이면 천안에서 김해로 달린다. 그동안에는 자정에 출발했는데, 올해 처음으로 이른 새벽에 출발했다. 그런데 뒤에서 졸음운전 차량이 우리 차량을 크게 들이박아 우리 가족을 무지 당황시켰다.

시간이 지체되고 차량도 극심하게 정체되어 보험사로부터 제공받은 차로 옮겨 김해에 도착하기까지 무려 9시간이나 걸렸다.

어머니 댁에 도착하자마자 둘째는 공부해야 한다고 작은방으로 사라진다. 셋째는 바깥세상 구경하겠다고 사라진다. 첫째만 TV와 거실을 고군분투 지키고 있다. 나도 지원하러 가고 있다.

감사할 수밖에 없다. 대박 힘겨웠을 텐데도 아무도 모서리를 드러내지 않는다. 모두들, 갈수록 단단해져 간다.

> 곧 추석이래.
> 교통대란, 가족 대이동쯤은 기꺼이 감수한대.
> 그런데 놀랍게도 사람들은 매우 설레진 않아보여.
> 떠났지만 떠나지 못하기 때문이래.
> 저것 봐,
> 자기가 사라질까봐 꼭 쥐고 있어.
> 정말 경이롭지.
>
> — 해바라기들의 수다

✦

지금, 찾는다, 네잎클로버

네잎클로버를 찾으려면 무릎부터 꺾어야 한다. 바닥에 뿌리내린 삶에 내 시선이 간절히 스며들어야 잘 보인다. 쉽게 마음을 내어주지 않는 네잎클로버, 얼마나 더 방황해야 너를 만날 수 있을까.

"지금부터, 네잎클로버 하나 찾아오면 5만 원."

세 아이의 눈이 잠시 휘둥그레해졌다. 그러나 곧바로 이어지는 반응은 각기 달랐다. 큰아들은 "그게 있기나 해?" 하며 의자에 털썩 주저앉아 스마트폰을 만지작거리기 시작했다. 둘째 아들은 "피곤하고 귀찮아." 하며 햇살을 피하려는 듯 나무 그늘진 풀밭에 누웠다. 그런데 셋째 딸이 눈을 반짝거리며 "정말 줄 거지?"라며 되물었다. 나는 "진짜라니까." 대답하며 확신을 주었다. 딸은 주저함 없이 클로버가 붐비는 세상으로 뛰어들었다.

추석 명절을 맞이하여 우리 가족은 천안에서 김해로 가서 어머니를 뵈었다. 그리고 다시, 아내의 고향 순천 낙안읍성 민속마을로 왔다. 성내에서 식당을 운영하시는 이모댁에서 식사를 하기로 했는데 손님이 많아 바쁘신 것 같았다. 그래서 한 시간가량 밖에서 쉬며 기다리기로 했다. 교통 체증에 숨 막혔던 아이들은 또다시 '기다림'을 더 견뎌야 했다.

성내에는 다채로운 공연과 화려한 의장행렬이 있었다. 흥겨운 민속놀이와 소달구지 체험, 그리고 성벽과 장승들, 형틀 등의 볼거리도 넉넉했다. 하지만 아이들은 아무것도 하지 않았다. 그들에게는 아무 일도 일어나지 않았다. 그 어떤 소리도 들리지 않았다.

문득, 내게서 좋은 생각이 떠올랐다. 깜짝 이벤트를 하는 것이다.

예전에도 가끔씩 이벤트를 해왔다. 예를 들어 어머니댁에 있을 때, 아이들 각자가 '할머니'에 대한 글짓기를 해서, 등수대로 상금을 받는 것이다. 그때 글짓기 했었던 작품은 아직도 어머니의 책상에 따뜻하게 붙어 있다.

성내에는 수많은 클로버가 낙안읍성을 지키고 있었다. 딸이 혼자서 네잎클로버를 찾다가 포기할까 봐 나도 함께 곁에서 찾기 시작했다. 바닥에 무릎 꺾은 사람이 혼자가 아니라는 사실이 큰 힘이 되길 바랐다. 무엇보다도 딸이 꼭 찾아주길 은밀하게 응원하고 있었다.

사실 나는 네잎클로버를 한 번도 찾은 적이 없다. 번번이 손가락 사이로 내 희망이 빠져나갔다. 때론 신발이 초록빛으로 잔뜩 물들도록 시간을 쏟아부었지만 빈손에 익숙해져야 했다. 이토록 쉽게 보이지 않는 행운을, 오늘 문득, 아이들에게 맡겨 보고 싶었던 것이다.

20분이 지나자 지루해졌는지 딸이 잠깐 내 곁에 느릿느릿 얼씬거렸다. 그러다가 조금만 더 찾아보자는 결심이 섰는지 다시 담장 쪽으로 갔다. 10분이 더 지났을까, 친숙한 목소리가 들려왔다.

"아빠, 찾았어!"

네잎클로버였다. 막내같이 앙증맞은 행운이 바로 눈앞에 들려 있었다.

이때부터 기적이 시작되었다.

동생이 찾았다는 소식에 큰아들이 확인하러 왔다. 보고 또 쳐다보고 하더니 갑자기 풀밭으로 향해 달려갔다. 네잎클로버가 이곳에 존재한다는 것을 깨달았던 것이다. 둘째 아들은 조금 더 바위처럼 버티더니 드디어 숨겼던 날개를 꿈틀대기 시작했다. 20분이 지나자마자 큰아들이 네잎클로버를 찾아왔다. 그리고 다시 10분 후에 둘째 아들 마저 찾아왔다.

정확하게 한 시간 만에 세 아이가 모두 네잎클로버를 찾아왔다. 그들의 옷에는 초록 풀내음이 탐실탐실 엉글어 있었다. 행운을 건져 올리느라, 모기에 옹골지게 물린 아이들의 무릎 상처가 너무나 사랑스러웠다. 네잎클로버가 반드시 있다고 믿었기에 고난의 길로 기꺼이 뛰어든 아이들. 언젠간 다시금 이날을 꺼내 보게 되리라. 그리고 감사하게 되리라, 지금 이 순간의 모습이, 지금 이대로의 모습이 가장 눈물겹게 소중한 경험이었음을. 앞으로도 포기하고 싶은 순간마다 다시 일으켜 세워줄 기적이었음을.

나는 이 소중한 순간을 카메라에 담았다. 그 사진에는 미소를 잔뜩 머금은 세 아이가 향기 나는 행운을 하나씩 손에 쥐고 있는 풍경이었다. 세상에서 이보다 더 위대하고 향기로운 사진이 어디에 있을까.

다음 날 집에서 시상식을 가졌다. 내가 쓴 편지와 상금 5만원을 넣은 봉투를 아이들에게 차례로 전달했다. 편지의 내용은 다음과 같았다.

세잎클로버는 행복 상징
네잎클로버는 행운 상징
너희들이 건진 건 행운이었다.
수백 수천 수만 클로버 속에서
아무에게나 들키지 않고 꼭꼭 숨어있던 네잎클로버.
반드시 행운이 있다고 믿었기에
행운을 찾아야겠다고 행동했기에
발견할 수 있었던 네잎클로버.
찾아도 찾아도 행운 따윈 없을 것 같던 푸른 세상
그럼에도 굴하지 않고 포기하지 않고 건져올린 행운
너희들이 건진 건 행운 가득찬 인생이었다.

언제 어디서 무엇을 하든지
네잎클로버를 손에 쥐었던 이 순간을 잊지 말고
앞으로도 영원 영원히, 늘 행운 가득찬 인생 되길 바란다.
　　　　　　　　　　　　　　　　　　- 삼총사에게, 아빠가

　네잎클로버를 찾는 일은, 할 수 없을 것 같은 일에 도전하는 일이다. 그 어떤 것도 늦지 않다. 인생은 언제나 매일 새로운 시작의 날이다. 포기하지 않고 고난의 풀밭을 헤치다 보면, 어느새 고난은 흩어지고 네잎클로버만 남게 된다. 네잎클로버 같은 생이 된다. 누군가가 절실히 찾고 싶어하고 자신의 마음 갈피에 꽂아 놓고 싶어 하는, 그대가 된다.

　지금, 찾는다, 네잎클로버를, 그대를, 나를, 찾으러 간다.

✦

운과 명

오늘, 쉬는 월요일. 틈만 나면 가는 신방도서관에 갔더니 그대도 쉬는 날.
그런데, 놀라운 일이 생겼으니.
도서관을 떠나려고 카렌스를 타려다 말고
누군가가 부르는 소리가 분명히 들렸고
1미터 앞 잔디에 옹기종기 모여있는 클로버 떼가 하트 형상을 이루었고
난 그 무리 속에 이번만은 틀림없이 그대가 있으리라는 확신에
망설임 없이 무릎을 꿇었다.
5초도 되기 전에 또렷이 보였다.
네잎클로버.
지금까지 수많은 도전을 했지만
단 한 번도 내게 허락되지 않았던 순간.
그 신화적 순간이 아무렇지 않게 내 손금에 푸르게 닿았다.
그대를 지극히 사랑하므로 있는 그대로 자연 속으로 고이 보내고
난 세속을 향해 다시 시동을 켰다.
오늘은 까만 내 뒷모습이
감히, 푸르렀다.

오늘도 네잎클로버 둘 발견.
평생 한 번도 띄지 않던 네잎클로버를

한 달 만에 다섯 개를 만났다.

오늘 오전, 천안새샘중학교 공연 전에 시간이 많이 남아

학교 옆 작은 공원에서 그냥 거닐다가

혹시나 하고 그저 시선을 던져주었을 뿐인데

너는 누군가의 시선을 누군가의 호명을

말없이 오래 기다리고 있었던 것이다.

그래, 나도 고맙다. 너도 잘 보이지 않는 나를 알아봐 줘서.

✦

따뜻한 말 한마디

누구나 알고 있다, 다이어트를 하는 최고의 방법은 운동이란 걸. 하지만 실천하긴 어렵다. 너무 쉬운 방법이기에, 또 다른 특별한 방법은 없나 하고 이곳저곳 돌고 돈다.

누구나 알고 있다. 인간관계를 맺는 최고의 방법은 따뜻한 말 한마디란 걸. 하지만 실천하기가 왜 이리 어려운 것일까? 너무 쉬운 방법이기에, 또 다른 놀라운 노하우는 없나 하고 전문 서적을 뒤적거린다. 하지만 도서관의 모든 책을 다 읽는다 해도 결국은 상대방을 향한 따뜻한 말 한마디가 아름다운 인간관계의 출발점이 된다는 걸 뒤늦게야 웅숭깊이 깨닫게 된다.

첫 대면일 경우는 더욱 그러하리라. 처음으로 건네는 말 한마디, 처음으로 건네받은 말에 대한 첫 대답 한마디의 느낌에 따라 관계의 거리가 결정된다. "안녕하세요, 정말 인상이 좋으시군요!", "어휴, 아닙니다. 선생님에 비하면 쨉도 안되죠." 대단한 말이 필요치 않다. 그저 진실된 마음으로 상대방의 좋은 느낌을 조금만 표현해도 순식간에 분위기가 넉넉해진다.

전국 방방곡곡을 출장 공연하는 나는 항상 최소 한 시간 일찍 현장에 도착한다. 평일 오전에는 대부분 유치원과 어린이집에서 마술쇼와 인형극을 공연한다. 이렇게 일찍 도착하는 이유는 뜻밖의 교통 체증을 미리 방지하고 무대를 세팅할 시간도 확보하며 약간의 남는 시간 동안 커피 한 잔과 컨디션 조절을 하기 위해서다. 그런데 현장에 도착하면 가장 많이 듣는 첫 한마디는 "왜 이리 일찍 오셨어요?"다. 그러면 난 으레 "원래 일찍 옵니다." 하며 담담하고 가볍게 지나치고 만다.

하지만 또 다른 첫마디로 응대해주시는 분들이 있으니 이때는 나의 첫 대답도 그에 따라 달라진다. "어머, 오셨어요! 우리 아이들이 많이 기대하고 있어요.", "그래서 저도 일찍 달려왔죠! 잘 준비하겠습니다.", "커피 먼저 한 잔 하시고 준비하세요." 이 말까지 듣게 되는 순간이 오면 내 마음은 어느새 커피처럼 따스한 향기를 품는다. 게다가 공연이 모두 끝난 뒤에 내게 다가와서 "오늘 정말 재미있었어요. 우리 아이들이 이렇게 좋아하는 거 처음 봤어요."라는 따뜻한 말 한마디를 팁으로 받으면, 나는 누군가에게 기쁨이 되어주었다는 보람과 긍지를 차에 풍성히 싣고 만선처럼 출발하게 된다.

마법에 걸려버린 아더 왕은 자기의 마법을 풀 수 있는 말을 가르쳐준, 어느 추한 노파의 소원을 들어주려고 한다. 그런데 노파가 "예의 바르고 잘생긴 남자를 남편으로 맞고 싶다."고 하자 아서 왕은 고민에 빠진다. 이때 그의 신임 두터운 기사 가웨인이 노파의 남편이 되겠다고 자청한다. 결국 둘은 결혼을 한다. 가웨인은 노파를 언제나 가슴으로 살갑게 대하며 따뜻한 말을 잊지 않았다. 그러자 어느 날 놀랍게도 그 노파는 아름다운 여인으로 변신하게 되었다. 그리고 환한 미소로 이렇게 고백한다.

"당신의 따뜻한 말 한마디로 저주가 모두 풀렸습니다."

어쩌면 우린 내 주위 사람들이, 내 부모가, 내 형제가, 내 아내가, 내 남편이, 내 자녀가 저주에 걸려 있는지 모른다. 어쩌면 나 자신이 저주에 걸려 있을지도 모른다. 한여름의 나뭇잎만큼이나 사막의 모래알만큼이나 많고 많을 것 같았던 따뜻한 말 한마디가 보이지 않아 결국은 소돔과 고모라의 멸망을 지켜보아야 할지도 모른다.

어쩌면 우리는 누군가가 나를 달콤하게 칭찬하는 듯한 말에 뒤를 돌아보다가 그만 돌로 굳어버리는 일이 많은 세상에 산다. 내 등 뒤에는 가면을 쓴 언어들이 너무 많아서 무엇이 진짜인지 분별하기가 어렵다. 자주 젖과 꿀이 흐르는 듯한 언어의 덫에 걸려 바닥에 나뒹구는 깡통이 되기 쉽다.

2014년 2월에 종영한 SBS 20부작 드라마의 제목이 화제가 된 적이 있다. 그 제목은 수개월이 지난 지금까지도 아내가 종종 나를 구박해오는 필수어휘가 되었다. 그것은 바로 '따뜻한 말 한마디'였다. "나는 넘어졌었다. 넘어졌을 때 지금 함께 걷는 이 남자가 내 손을 잡아줬다. 우린 부부다."라는 마지막 대사에서 느껴지듯이, 따뜻한 말 한마디가 절실히 필요한 아내에게, 그 누구도 아닌 바로 함께 걷고 있는 남편이 손을 잡아주는 삶이 바로 행복이라는 것이다.

따뜻한 말 한마디는 갑자기 나오는 것은 아니다. 평상시의 마음가짐과 그 온기가 늘 향기롭게 유지되어야 한다. 또한 깜짝 이벤트로만 하는 것은 더욱 아니다. 일상생활 속에서 이를 닦듯이 세수를 하듯이 자연스럽게 표현되어야 한다.

아침마다 기분 좋게 "화이팅!"하고 외쳐주는 말 한마디를 들으며 등교하는 자녀의 발걸음마다 꽃이 피어난다. 회사나 사업장에 출근한 남편의 스마트폰에, '벌써 보고 싶어지네요. 점심 맛있는 것 드세요.'라는 문자 하나에 마음이 푸근해진다. 가끔 의견충돌로 서먹해진 상태라 말로 풀기가 쑥스러울 때 역시 '무조건 미안하오. 사랑하오.'라고 보내놓으면 그나마 귀가하는 길이 고통스럽진 않을 것이다. 또한 맞벌이 부부의 경우, 텅 빈 집에 하교한 자녀가 기대감 없이 문 열고 들어가 냉장고 문을 열려는 순간, 문에 붙어 있는 쪽지 하나, '오늘도 수고했다. 아이스크림 먹고 힘내! 사랑해.' 이 말 한마디에 온종일 방 안에는 엄마의 숨결로 시원하리라. 특히 따뜻한 말 한마디는 힘겨울 때, 상처났을 때, 아파할 때에 더욱 절실하다. 또한 누군가가 잘못을 저질렀을 때조차 비난의 말보다는 따뜻한 말 한마디가 오히려 그의 마음을 움직인다.

며칠 전에 만난 지인의 말이 가슴에 펄떡인다. 남편과 이혼하고 홀로 20년 동안 두 자녀를 훌륭히 키운 그녀에게서 "짐을 지고 있는 사람은 풍랑과 파도에 휩쓸리지 않는다."는 말을 듣고 나 자신도 큰 위로를 받았다. 고통의 짐이었겠지만 고통의 무게가 20년의 세월을 버텨내게 했다는 것 아닌가. 그녀에겐 따뜻한 말 한마디가 필요했을 텐데 늘 이혼에 대한 왜곡된 시선들만 가득했었다고 했다. 나는 이렇게 말을 바꾸어 본다.

"따뜻한 말 한마디를 지고 있는 사람은 세파에 휩쓸리지 않는다."

일낙천금一諾千金, 말 한마디가 천금과 같다고 한다. 말 없는 사회생활, 말 없는 개인 생활은 어디 있으랴. 오늘도 누군가가 나의 따뜻한 말 한마디를 오랫동안 기다려왔을지도 모른다. 주변 사람일 수도 있겠지만 어쩌면 바로 나의 가족일지도 모른다.

밤이 별빛에 마음을 쬔다

✦

모르는 귀

감히, 정진규 시인의 마지막 제자 중 하나가 되었다.

마지막으로 남기신 시인의 「모르는 귀」.

나도, 시인과 똑같은 사물을 놓고 시를 완성했다.

정진규 시인의 석가헌 자택에서 매주 월요일마다 제자들이 모여, 각자 창작해온 시를 제출하면 시인은 진심으로 맛있게, 한 편 한 편 소중하게 직접 낭독해주시면서 한 구절 한 구절 맛을 음미하시면서 해석해 주셨다.

부족한 나도 그 틈새에 끼어 귀동냥을 하고 있었다. 내 개인적으로는 시적 화자 우월주의를 극복하라는 말을 많이 들었던 것 같다.

어느 날, 따님의 설치 작품인 〈모르는 귀〉를 제목으로 시를 써오셨다면서 그 시를 들려주시는데, 그 오묘한 매력에 빠져, 한 주간 동안 나도 모르는 귀, 모르는 내가 되어 열심히 사유한 끝에 「모르는 귀」 완성. 다음 수업에 제출했더니, 매우 좋아하셨다. 그리고 고마워하셨다.

인왕산으로 가는 북촌 골목 한 흰 벽에 모르는 귀*, 귀가 하나 잔뜩 걸리셨어요 귀만 남으셨어요 바쳐진 소모의 얼굴들 귀로만 남으셨어요 〈우주 한 분이 하얗게 걸리셨어요〉 진종일 걸리셨어요 젖꼭지도 없이 당신의 젖꼭지를 진종일 빨았으나 무엇 한 모금 넘긴 바 없어요 넘겨주신 것 하나 없이 머언 모래밭 모래알들만 그들의 그늘만 낙타도 한 마리 없이 버석거리게 하셨어요 〈모르는 귀〉 당신이 듣고 있는 말씀 한 마디도 듣지 못했어요 훈민정음을 창제중이신지 잔뜩 하얗게 걸려 있긴

마찬가지셨어요 〈모르는 귀〉로 잔뜩 밤샌 날 새벽 그간의 내 시편 몇 행 겨우 읽어
오옴을 떨게 해 놓고 내 귀청이 트이는 걸 건드려 놓고 나 오늘은 열심히 네게 가지
않았어요 〈모르는 귀〉, 너만 우거지기 때문이었어요 나만 지워지기 때문이었어요,
무서워요 〈모르는 귀〉, 잔뜩 지워진 내가 들려요
　*〈모르는 귀〉 : 정서영의 조각.

– 정진규, 시집 『모르는 귀』

모르는 귀

전철을 타고 혼자 미술관에 가는 길
촘촘한 사람들을 모른 척하다가 내린다
전시장으로 발 딛는 순간 세상을 만난다

귀 하나에 벽이 잔뜩 걸려 있다
가장 적막한 부위에 모르는 귀 하나
고흐의 것인지 그 누구의 것인지
뗐다 붙였다 옮겼다 할 수 있는
귀가 아닐 지도 모르는
귀는 벽을 여는 열쇠일지도 모르는
귀를 직접 깊이 열어보는 관람객은 드물다
커다란 꽃 전시품 부스에 쏠린 귀들이 이동한다

병실에 누워 있는 아버지

귀가 그의 기억을 잠갔다

귀가 가족을 벗어놓는다

벽이 가장 격해지는 건

귀가 모르고 끝까지 매달려 있는 것

낙엽처럼 부스럭거리며 금방 떨어진다

미술관을 나왔다

귀 하나가 따라나온다

-김영곤, 시집『둥근 바깥』

그 날이 그립다. 얼른 제대로 된 맛있는 시를 지어다가 차려드려야 할 텐데….
그리움은 멈추지 않으리라.

첫째 아들 종현에게.

팽나무의 쩍 갈라진 껍질의 속내를 들여다보다가 불현듯 네가 생각났다.

여친의 이별 통보에 며칠째 잠 못 이루고

어제 새벽녘, 핸드폰을 허기처럼 쥔 채 잠들어 있던 너의 손,

맹렬하게, 어디론가 떠나보내고 있었다.

넌 아직은 이해 못 할 거야.

지금, 이 순간이 세상이라는 오케스트라가 널 위해 잠시 멈춘 시간이란 것을.

지금이야말로 오직 너 홀로 기량껏 마음껏 고독을 연주하는 카덴차의 시간임을.

협주곡의 완성을 위해 모든 악기와 모든 시선들이 너를 중심으로 침묵하며 기다리는.

먼 훗날 알게 될 거야.

그때가 가장 아름다웠던 생의 절정이었음을.

뒤돌아보니 나도 모든 걸 다 떠나보내고

난 아무것도 아니다 아무도 내게 없다고 생각했을 때

비로소 넓은 들판이 보였고 빈 가슴을 연주하기 시작했지.

자, 다시 시작하자.

둘째 아들 종환에게.

너에게 여친을 구해주고 싶은 날이었다.

오늘은 직접 기숙사로 데려다주고 오는 길. 슬쩍 같은 과에 여학생도 있냐고 물었더

니 20%란다. 유난히 이성에 아주 관심 없는. 아니 아니지. 아주 관심 없는 척하느라 고생 무지 많았던 지금도 척척거리고 있는 청춘 ^^.

나도 네가 관심 없다는 그 말을 믿어주는 척. 모르는 척. 내가 너였을 때와 똑같을 수밖에 없는 은밀한 피가 흐르고 있다는 것. 아카시아의 향기 같은.

사랑도 실전 연습이 필요할 텐데. 수학은 번번이 백점을 맞았겠지만 사랑은 공식대로 되지 않을 텐데. 비가 내리고 있는 아주대학로.

이런 날엔 우산을 펴고 싶을 텐데. 그래서 한쪽 어깨만 잔뜩 젖고 싶을 텐데.

걷다가 걷고 있다는 것도 서로 잊어버리다가 생각이 포개지고 우산이 녹고 말이 젖고 발이 녹고 문득 발걸음이 뚝 그치고 빗소리만 남고 서로가 서로에게 사라지고.

불안이 있어 단기 여행의 끝 지점마다 생기는 마디마디가 시리도록 아름답다.
괄호 같은 터널이 하나씩 끝날 때마다 얼마나 눈부신 바깥이 우릴 맞이하는가.
언젠가 생의 여행 종착 지점에서 다시 되짚어보면,
우린 그때 그 순간의 마디마디가 생의 절정이었음을 깨달을 것이다.

－「그때가 생의 절정이었다」중에서

3부
못 하나 견디지 못하나

✦

추임새

하늘을 나는 새들을 볼 때마다 새의 감정이 된다.

발을 딛고 살기엔 너무 자주 흠집나고 부서지는 세간을 박차 올라, 맘껏 비상하는 새가 되어본다. 하지만 알고 있다, 언젠간 다시 지상으로 돌아와야 함을, 더 이상 날개칠 수 없는 밤이 속히 오리란 것을.

세상에는 수많은 새들이 있지만, 사람의 감정을 새처럼 날아오르게 하는 새가 있다. 바로 추임새다. 이 새는 놀랍게도 씨앗을 입에 물고 사람의 마음밭으로 날아간다. 밭에 심은 씨앗이 뿌리를 내리고 꽃눈 같던 잠재력을 초록빛 잎새로 쏟아내다가 마침내 황홀한 꽃을 피운다. 추임새가 꽃을 물고 다시 우리 곁으로 돌아오는 날엔 세상이 부시도록 훤해진다. 추임새가 있는 풍경엔 언제나 꽃이 만발하다.

추임새가 가장 많이 서식하는 곳은 판소리 마당이다.

소리꾼이 부채를 들고 창을 하면, 고수는 소리북을 친다. 북채를 든 고수는 무조건 북을 치는 것이 아니다. 악보 없는 판소리 아닌가. 고수는 소리꾼의 소리에 모든 신경을 곤두세워야 한다. 적절한 북장단을 치며 소리가 일정한 속도로 맛깔스럽게 잘 흐르도록 연출한다. 소리를 색칠하거나 소리의 길을 터준다. 특히 고수가 해야 할 중요한 임무는 바로 "얼씨구 좋다." 등과 같은 추임새다. 공연이 끝날 때까지 중간중간에 추임새로 소리꾼의 흥을 돋아주며 공연장의 분위기를 한껏 고조시킨다. 조금 시간이 지나면 청중들도 함께 추임새를 보내기도 한다. 소리가 느슨해지거나 잠시 쉬어가는 부분엔, 적절한 북장단과 더불어 추임새로 오히려 더 생기 있는 분위기로 메꾸어준다. 판소리

밤이 별빛에 마음을 쬔다

마당에는 새가 신명 날수록 소리에 흥이 탐스럽게 자란다. 새가 없는 소리꾼은 상상할 수 없이 어두워진다.

우리 인생은 소리의 삶과 다를 바 없다. 새가 필요하다. 추임새 없는 소리의 삶을 살아 간다면 얼마나 맛도 흥도 없는 인생일까.

우리 집에도 깃털 향긋한 추임새가 있고 지금도 서식하고 있다.

아이들이 유치원 다닐 때까지는 잠자리에 들 때마다 아이의 머리 위에 추임새를 얹었다. "크고 훌륭한 사람이 되어라.", "큰 생각하는 사람이 되어라."

초등학교를 다니기 시작하면서부터 지금까지 등하굣길마다 어깨 위로 새를 날렸다. "화이팅!", "오늘도 수고했다."

그럴 때마다 아이들도 "화이팅." 하며 맞장구를 친다. 또한 특별한 열매를 추수해오는 날엔 꼭 상금이나 상품 시상식도 한다.

딸이 제18회 천안시 발명경진대회에서 발명캐릭터 부문 은상을 수상했다. 상장을 건네 받자마자, 나는 북소리 같은 음성으로 말했다.

"우리 가문에 이제 중1밖에 안 되었는데, 벌써부터 천안시 수준의 인물이 탄생한 것이 너무 자랑스럽다. 포상금 5만 원을 시상하겠다."

딸의 표정이 별보다 빛났다. 칭찬해주어야 할 시점에 칭찬해주어야 효과가 확실한 법이다. 새를 날릴 타이밍을 놓치고 꾸물거리다 보면 씨앗은 뿌리내릴 흥이 나지 않는다. 어릴 때부터 미술을 좋아했던 딸은 꾸준하게 주변에서 제때 날아드는 추임새들의 씨앗들을 향기로운 꽃으로 피우고 있는 중이었다.

나도 학창 시절 때, 글을 맛있게 잘 쓴다는 것과 베이스 음을 또박또박 잘 낸다는 추임새 한 마리를 지금까지 내 속에서 품고 있다. 그래서 한때 잠시 놓았던 글을 다시 창작하며 배우며 독서하고 있는 시간들이 갈수록 소중하고 즐겁다. 그리고 지금도 합창

단 베이스 파트로 열심을 다하고 있다. 현재 공연가로 활동하는 나는, 공연이 끝난 후에 누군가가 "정말 재미있었어요.", "감동이었어요." 같은 소감을 해주면 보람과 희열을 느낀다. 어쩌면 나를 나답게 이처럼 키워올린 건 추임새의 힘이었다. 그래서 나도 만나는 대상마다 추임새를 나누려고 늘 준비하고 있다. "와~", "대박입니다.", "최고입니다.", "대단하십니다." 등등 언제든지 새 한 마리씩 날리려고 집중하고 있다. 새를 받는 사람들은 대부분 미소꽃을 먼저 활짝 피운다. 그리고 오히려 새를 분양받음을 감사하게 생각한다.

그런데 안타깝게도 추임새를 잘못 날리거나 너무 아끼는 사례를 자주 목격하게 된다. 일터에서 만족할 만한 성과를 냈을 때만, 또는 학업에서 좋은 성적을 냈을 때, 때론 좋은 성적을 내라는 의미에서만 소리 내는 추임새는, 오히려 자신이 갇힐 새장을 선물로 받는 느낌을 받게 될 것이다. 한편, 큰 성과물이 아니면 좀처럼 새장을 열어주지 않는 것은 꽃을 속성으로 자라게 할 수는 있겠지만 얼마나 식은 밥처럼 삭막하게 성장할 것인가. 아마 꽃이 되어서도 자신이 누군지 오랫동안 찾아 헤맬 것이다.

남녀노소 불문하고 모두에게 추임새가 필요하다. 또한 모두가 추임새를 아낌없이 나눠주는 마음가짐과 실천이 필요하다. 나눌수록 베풀수록 점점 꽃밭이 풍성하게 늘어난다. 놀랍게도 추임새는 세월이 흘러도 죽거나 병들지 않는다. 대물림할 수 있는 불멸의 새다.

내게도 새가 필요한 만큼 누군가도 새를 간절히 원하는 사람이 있을 것이다. 새장을 없애고 아낌없이 새를 날리자. 반드시 꽃을 물고 돌아와 내게 꽃의 감정을 듬뿍 안겨줄 것이다. 대상은 멀리 있지 않다. 당신 주위의 모든 사람들이다. 새의 언어도 어렵지 않다. 매우 짧고 간단하다.

지금 이 순간, 그들은 기꺼이 과녁이 되어줄 것이다.

✦

너와 나는 한때 새벽이었다

새벽을 깨운다는 건 어쩌면 안개 속에 파묻힌 나를 깨우는 건 아닐까.

운전 중에 이상하게도 자꾸 귀에 맴돈다.

어제 서울의 어느 유치원 공연 때, 선생님끼리의 대화.

"유치원 다니는 우리 딸이 있는데, 예전에는 내가 항상 딸에게 '오늘 유치원에서 뭐 했어? 재미있었니?' 물었는데, 요즘에는 우리 딸이 내게 '엄마, 유치원에서 뭐 했어, 재미있었어?' 하는 거야~ 호호호…."

너와 나는 한때 새벽이었다. 지금도 늘 새벽처럼 새벽인 듯 나를 만났으면 좋겠다.

✦

변한다는 것에 대하여

해 아래 변하지 않는 것이 있다. 그는 어디에나 있으나 어디에도 보이지 않는다. 그는 또깍또깍 자로 잰 듯 걷는다. 열대야에서도 폭설 속에서도 시간은 다리 한 번조차 삐끗하지 않는다. 빙판길도 산사태도 홍수나 가뭄도 그 무엇도 시간의 보폭을 흐트러뜨리지 못한다. 태어나서 단 한 번도 쉬지도 틀리지도 않고 또깍또깍 걷고 있는 시간, 변함없는 생.

생의 시간에 탑승한 사람들은 공평하게 하루 24시간씩 분양받는다. 시간과 같은 보폭으로 매일 아침을 연다. 그런데 누군가는 시간이 부족하다고 하고 누군가는 시간이 너무 빠르다고 한다. 개인마다 달라지는 시간들, 삶 속에 체감하는 시간의 속도가 다른 것이다. 하지만 시간은 변하지 않는다. 변하는 건 사람들이다. 패기가 넘치던 시기에는 노트 속에 시간을 요리조리 만지작거리며 엄청난 가속도로 내달린다. 자갈길도 가시덤불도 그 폭발적인 기세에 태클을 걸지 못한다. 하지만 나이테의 무게가 쌓일수록 속력이 느려져 가고 고장이 잦아지기 시작한다. 점점 수리하거나 교체해야 할 부속품이 많아진다. 때론 카센터에서 오랫동안 배터리와 미션오일을 충전 받아야 하는 자동차처럼, 새로운 기운을 보충해야 하는 사람들이 길게 대기해 있다.

살아있는 것들은 변한다. 변하지 않는 것이 있을까. 변하지 않고 살아갈 수 있을까. 살다 보면 스스로 변하지 않으면 안 되는 상황이 많다. 살아남기 위해 살아가기 위해 변해야 하는 세상이다. 세상의 속도는 갈수록 빨라져 가고 뒤처지던 나는 종종 펑크가 나고 시동이 꺼지기도 한다. 가끔은 조바심이 생겨 끼어들기를 하거나 조금 먼저 앞서려다가 접촉사고를 낸다. 중앙선이나 갓길을 침범하여 범칙금도 치르기도 한다. 그렇다고 이대로 웅덩이처럼 머물러만 있다가는 금방 중고품 시장에서나 뒤적거려야 나를 겨우 발견하게 될 것 같아 불안해진다. 몸을 바꾸고 생각도 기질도 취향도 세상의 변화에 적응하려고 시도해본다. 하지만 만만치 않기도 하거니와 오랫동안 화석처럼 굳어진 스타일을 탈피하기가 마음먹은 대로 되지 않는다. 누구나 더 인정받는 사람으로 변하려고 노력하지만 강력한 저항 같은 무언가를 느끼게 된다. 외부로부터 또는 나 자신으로부터 정체모를 중력으로 끌어당기고 바닥으로 주저앉히는 손길을 느낀다.

변한다는 것. 어쩌면 변한다는 것은 화석에 새로운 생의 숨결을 발효시키는 일이 아닐까. 옛것을 녹여 새것으로 담금질한 나를 만나는 것, 소위 '젊은이'라고 불리는 청춘보다 더 활력 있고 숙성된 나로 갈아입는 것, 그래서 살아있는 맛, 살아있는 시간, 살아있는 화석이 된다는 것이 아닐까. 그러기에 내일의 나를 만나려면 그만한 깊이의 저항 또한 숙성시켜야 하리라.

한편으로는 화석 같은 삶을 살아낼 수밖에 없었던 흔적도 의외로 곳곳에서 발굴된다. 부모나 배우자 사이에서 특히 많이 발견된다. 정해진 틀 안에 새를 밀어 넣고 그만한 새장을 친다. 이 틀의 경계를 벗어난 행동을 함부로 못하도록 윙컷을 한다. 깃털이 자랄 즈음이면 순식간에 가위질을 당한다. 새의 감정은 좀처럼 표정으로는 읽을 수 없다. 새는 노래인지 울음인지 모를 소리라도 낼 수 있다는 것에만 만족하는지도 모른다. 가끔은 자신에게 날개가 있다는 사실이 낯설지도 모른다. 시간은 째깍째깍 아무렇지도 않게 흘러가고 새장에는 모래와 진흙, 돌멩이 같은 눈물이 차곡차곡 아무도 모르게 쌓여간다. 또는 자기 자신도 모르게 퇴적되어간다.

퇴적물들이 계속 쌓여갈수록 새장은 땅 속 깊이깊이 위치해 있다. 눌리며 누르며 암석이 되어간다. 퇴적암이 된다. 그러나 밑이 보이지 않는 깊이에 잠겨 있던 마그마를 현기증처럼 느끼는 시간이 온다. 위로부터는 계속 압력으로 바짝 눌려지고 아래로부터는 뜨거운 열기를 용케도 잘 버텨낸다. 그러나 나를 단단히 둘러싼 지층 중에서 약한 부위가 하나라도 노출되는 순간 마그마가 그 틈새를 뚫고 높은 온도와 열을 내기 시작한다. 지금까지 잘 견뎠던 것처럼 몇 차례 방어하다가 더 이상 어찌할 수 없는 순간이 온다. 결국 몸체는 그대로 유지하되 알갱이와 구조를 바꾼다, 변성암처럼. 보이지 않는 마음이나 기질을 바꾸기로 한다.

변한다, 변할 수밖에 없다. 변하지 않는다는 게 더 이상한 일이다. 그렇다면 어떻게 변하느냐가 관심사가 된다. 상처나 눈물 자국 같은 줄무늬가 있는 편마암 상태로 변할지, 곱고 작은 알갱이들끼리 다시 모여 더 단단하고 결이 치밀한 대리석 상태로 변할지, 습곡처럼 주름 잡히거나 단층처럼 끊긴 상태로 변할지, 이 선택만큼은 자기 자신에게 달려 있다. 그리고 그 선택에 따라 새장을 열리게 하거나 스스로 열어젖히고 원하는 높이까지 비상할 수 있으리라.

지금, 이 순간에도 시간은 또깍또깍 내 이마를 지나가고 있다. 그리고 끊임없이 내게 물어온다. 내게서 어떤 향기가 나는지, 그 향기의 맛이 어떤지, 아카시향 같은지 장미향 같은지 아니면 화석 같은 향기인지를. 나는 그 대답을 아직도 정확하게 못 하고 있다. 나의 맛이 무엇인지, 얼마나 더 발효되고 숙성되어야 제대로 된 나만의 맛이 나올지를.

잘 녹지 않는 나를 항아리 속에 넣고 뚜껑을 닫는다. 째깍째깍 시간이 손가락으로 찍어 가끔 나를 맛보면서 기다려 줄 것이다. 시간의 향기와 비슷한 맛이 나올 때까지.

✦

변화를 위한 처절한 사투

합창. 생애 최초로 테너로 옮겼다.

아무도 붙잡지 않았는데도 수십 년간 베이스에 바싹 붙어 있었다.

어제, 첫 무대. 나름 부드럽게 소화했다.

내게도 고음이란 게,

포지션을 옮길 자유란 게 존재한다는 걸 확인해본 날.

문학의집 서울 합창단에서의 테너.

연습을 마치고 나가보니 단풍잎들이 퇴장 중이다.

정기연주회를 먼저 마쳤나 보다.

별들의 울음이 내 창에 가득 쌓인다.

왜 우는지 알 때까지 내겐 연습이 더 필요하다.

치열했던 이번 주간의 공연. 이제야 휴전하고 눈을 새하얗게 물들여 본다.

오랜만에 도서관에서 멈춰『피카소, 게르니카를 그리다』를 천천히 읽으며,

피카소의

"새롭고 혁신적인 시각으로 사물과 세계를 보는 용기,

그리고 그것을 설득력 있게 표현해내기까지 쏟아부은 열정과 노력."

을 들여다본다.

폭탄 50톤으로 파괴된 게르니카 마을,

폭탄 50톤만큼 강력한 이미지를 화폭에 구현하기 위한 처절한 사투,

단 한 작품으로 지금도 생생히 살아있는 실체.

그런 글을 쓰자. 그런 생을 살자.

✦

불안한 것들에 대하여

불안은 나의 그림자와 같다. 그림자 없는 삶이 어디 있을까. 그림자가 움직인다는 것은 살아있다는 것이다. 불안이 꿈틀거린다는 것은 내가 존재한다는 것이다.

리우 올림픽 축구 중계를 보고 있을 때다. 압도적으로 한국이 경기를 주도하다가 기습적인 골을 허용했다. 20분여 남은 상태라 충분히 동점과 역전 골을 기대하며 안심하다가 점점 시간이 속절없이 풍화되자 선수들도 관중들도 불안해졌다. 겨우 2분만 남게 되자 '골을 넣을 수 있을까?'라는 불안감이 극도에 달했다. 결국 8강에서 탈락했고 나도 '함께 탈락'한 기분이 되었다.

주위를 조금만 둘러봐도 조마조마 가슴 졸이는 삶들이 일상이다. 합격이나 승진 명단에 내가 없을까 봐, 시험이나 인사고과 점수가 못 나올까 봐, 기대치에 밑도는 성과를 냈거나 또는 그렇게 될까 봐, 실력이 점점 떨어지거나 뒤처진다는 위기감을 느낄 때, 자녀의 늦은 귀가나 마감 시간에 쫓길 때, 카드가 연체되거나 손님이 너무 없을 때, 폭염, 폭우, 폭설, 가뭄일 때, 빙판길이나 빗길에서 운전할 때, 자녀나 곡식이 순탄하게 자라지 않을 때, 갑자기 불이 꺼지거나 괴성이 들릴 때, 무대에 오르거나 발표를 해야 할 때, 신체적 수치심을 느낄 때, 어머니의 주름살이 유난히 골짜기 같을 때, 심지어 행복한 사랑의 순간조차도 오래 지속될 수 있을까 하는 쪽지가 만져질 때… 이처럼 우리를 불안하게 하는 것들은 그림자처럼 나와 함께 숨 쉬며 살고 있다.

돌이켜보면 불안 때문에, 불안의 감정 덕분에 삶의 에너지를 더욱 강력하고 치밀하게 만들어낼 수 있었고, 위기나 위험 또는 절망을 뛰어넘고 한 층 더 성장해나가는 나를 보며 전율하게 된다.

불안은 불 안, 또는 물 안에 있는 듯한 상태이다. 외부로부터 오는 불안도 많지만, 실제로는 내가 키운 두려움이라는 괴물 때문이 많다. 나를 먼저 되찾으면 되리라. 내가 마음먹은 대로 불도 물도 조절할 수 있는 존재로서의 나를 밝게 켤수록 그림자는 얇아지리라.

✦

다시 나를 고쳐 걸며

취소라는 낱말이 부쩍 나를 노린다.

앞으로의 전개도는 예측불허.

코로나바이러스가 전국적으로 확산되면서

내 공연 스케줄이 줄줄이 초스피드로 취소.

내 스케줄을 보존하고 싶은데

너무 쉽게 삭제된다.

유일하게 확실한 것은 코로나바이러스가

자전거를 타고 손 흔들며,

마스크만 한 우리 생활을 따르릉거리며 폭주하고 있다는 사실.

검은 음계들이 내 그림자는 아닐까, 라는 엉뚱한 생각…

세상은 갈수록 첨단을 달리는데,

왜 그림자는 그만큼 더 감쪽같이 가팔라지는지, 왜 이토록 닮아지는지…

가끔씩 음이탈했다…

그림자가 너무 무거웠다.

며칠째 빈 주머니 같은 얼굴로 귀가.

무심코 벗어 걸은 와이셔츠.

움푹 드러난 틈.

웬만하면 두 번 다시 뒤돌아보지 않는데

비어가는 생활에 길들여지는 옷걸이가 내 처지 같아 보여,

다시 소중하게

내 몸을 고쳐 걸었다.

✦

바닥의 향기

　손바닥으로 발바닥을 품는다. 바닥이 바닥을 품는다. 서로 포옹하는 그 순간, 바닥은 노을처럼 황홀히 타오르다 바닥이 사라진다.

　바닥이 꿀꺽 삼켜버린 여인이 있었다. 태어난 지 겨우 19개월 만에 열병에 못 박힌 헬렌 켈러, 눈과 귀와 손이 바닥에 갇혀 세상과 단절된 그녀, 그 바닥에게 또 다른 바닥이 찾아왔다. 바닥과 바닥이 으스러지게 포옹하자 바닥은 점점 하늘로 뻗어 누구나 예를 갖추는 세계적인 이름이 되었다. 5개 국어를 구사하며 바닥을 일으키는 전설이 된 헬렌 켈러.

　그녀의 바닥을 일으켜 준 선생님은, 7세 때부터 동행한 앤 설리번이었다. 그녀도 5세 때 시력을 잃고 8세 때 어머니를 잃으며 빈민보호소 맨바닥에 내버려졌었다. 동생마저 죽자 깊고 완강하고 넓은, 끝없는 바닥 속에서 세상 문을 잠가버린 그녀, 설리번.

　이 설리번의 늪지대 같은 바닥에 무릎 꿇고 스스로 바닥이 되어준 건, 은퇴한 간호사 로라였다. 로라는 어린 것의 괴성과 몸부림이 고통의 호소란 걸 잘 이해했었다. 그래서 진정제 주사 대신 책으로 치유하며 손을 잡고 기도하는 시간이 많았다. 마침내 학교도 수석 졸업하고 교사가 되고 수술로 시력까지 되찾은 앤 설리번, 그 설리번이 그 일곱 살의 헬렌 켈러를 만났다.

　바다와 바다가 핵융합하여 천지의 마음을 뒤흔들었다. 지금은 지상에 없으나 오히려 별보다 더 많이 있는 그녀는 별빛으로 나의 흙투성이 발바닥도 씻겨주었다. 서투른 조직 생활 속에서 틀리는 가사, 틀리는 목소리, 틀리는 박자를 틀던 내가 불의를 못 참고 나 스스로 바닥으로 내려간 적이 있었다. 바닥은 상상 이상으로 냉정했고 다시 튀어오르기엔 너무 강력한 중력의 힘이 느껴졌다. 하지만 그녀가 있었다. 보이지 않는 그녀의 손바닥을 잡고 아무 일도 없었던 것처럼 일어날 수 있었다.

엄동설한 바닥을 만났는가. 나도 눈물 다해 포옹하는 사람이 되고 싶다. 바닥이 바닥 날 때까지. 나의 진실된 마음이 깊이깊이 혈액처럼 흐르다가 누군가의 바닥에 향기로운 꽃을 피우고 싶다. 바닥이 지워진 자리, 꽃향기가 울창한 그 거리를 걷고 싶다.

✦

매듭

 우리는 모두 매듭으로 태어났고 매듭지으며 매듭을 풀며 살아가고 있다. 때론 어쩔 수 없이 매듭을 잘라내거나 삶의 바깥으로 떠나보낸다. 때론 응어리진 마음의 매듭을 침묵으로 견디며 저녁이 끝나도 저녁이 된다.

 한 팔 길이의 매끈한 로프를 왼손으로 고정한다. 오른손으로 로프를 한 바퀴씩 돌리며 왼손바닥에 차곡차곡 걸치는 동작을 되풀이한다. 이윽고 조금 남은 꼬리 부분을 왼손가락에 꽉 끼우고 거꾸로 든다. 마지막으로 오른손으로 왼손을 칭칭 휘감고 있는 부분을 포근하게 감싸 쥐고 천천히 아래로 내리면, 놀랍게도 로프에 대여섯 개의 매듭이 마술처럼 주렁주렁 생긴다.

 이처럼 매듭은 그냥 저절로 생기지 않는다. 한 사물이 매듭을 갖게 되는 것에는 어떠한 사건이나 과정이 있기 마련이다. 이때 우리는 주목한다. 스스로가 타자들에게 신비로운 매듭으로 비쳐질 것인가, 아니면 스스로도 풀 수 없는 옹이 같은 매듭으로 외면받을 것인가.

 "너무 세게 매듭을 당기면 풀기 힘들어요."라는 말을 하기도 전에 이미 어떤 학생은 매듭에 너무 힘을 부려놓아 좀처럼 풀 수가 없게 된다. "바꿔 주세요."라는 말을 아무렇지도 않게 내 귀에 덥썩 건다.

 "매듭이 굵게 나오도록 해야 더 탐스럽고 풀기도 좋아요." 그렇다. 매듭은 쉽게 풀 수 있도록 매듭짓되, 일부러 풀 때까지는 풀리지 말아야 한다. 매듭은 마음먹기에 따라서 탐스러운 열매를 맺거나 떫은맛만 우리 혀에 달아주기도 한다.

밤이 별빛에 마음을 쬔다

힘들게 날선 손톱까지 동원해서야 풀어진 매듭은 상처가 생긴다. 한 번 긁힌 부위는 흔적이 오래 머문다. 신체적인 상처보다 가슴 뜯긴 부위는 크고 작은 트라우마가 될 수도 있다. 물론 힘을 휘두른 그에게는 아무 일도 일어나지 않은 채 평화로운 정원을 확보할 것이다.

앙 다문 매듭 풀기를 쉽게 포기하는 것도 문제가 있다. 생의 매듭은 일회용 밴드처럼 쉽게 버리고 바꿀 순 없다. 너무 쉽게 나를 버리고 너를 버리는 변덕스런 날씨가 계속되면, 언젠가는 스스로 무인도가 된다. 아무 부끄럼도 없이, 홀로 고고하게.

그리스신화에 고르디아스는 짐마차에 견고한 매듭을 묶었는데, 훗날 이 매듭을 푸는 사람이 아시아 전역의 왕이 된다는 소문이 떠돌았지만 아무도 성공하지 못했다고 한다. 알렉산드로스 대왕도 풀지 못했다. 하지만 그는 칼로 매듭을 잘라버리는 대담한 행동으로 문제를 해결했다. 이처럼 우리 생의 매듭에는 과감한 결단을 요구하는 순간이 종종 오고야 만다.

"신발 끈이 풀렸어요"

영화 〈지금, 만나러 갑니다〉에서 연인 미오의 말에, 남자주인공이 타고 있던 자전거에서 넘어지듯 내려서 공손히 신발 끈을 묶어주는 장면이 인상적이다. 매듭을 잘 지어야 한다는 무의식이 신발에게 공손히 고개를 조아리는 모습에서 은밀히 드러나고 있다. 신발 끈을 묶는다는 것은 두 개의 끝부분을 한몸으로 만드는 일이다. 그에겐 신체적으로 뼈아픈 매듭이 있어 사랑을 포기했다가 결국은 극적으로 사랑의 열정이 마음의 매듭을 녹이며 부부로 맺어진다. 안타깝게도 미오가 현생의 매듭을 풀고 먼저 문을 열고 떠난다. 떠나기 전 미오가 아들을 위로하고 포용하며 마지막으로 하는 대사는 영화가 끝난 뒤에도 잊혀지지 않는다.

"엄마와 아빠는 널 위해 만났는지도 몰라. 유우지를 만나려고 말이야. 넌 행복을 가져다 주었단다."

세 사람의 사랑의 매듭은 현재진행형이며 우리 모두에게도 매듭이 되어 '지금도, 만나러' 오고 있다. 우린 시간에 오래 끌려다닐수록 자주 이 사실을 잊고 지낸다. 우리 부부가 만난 건 우리들의 보석 같은 자녀를 만나기 위해서라는 것. 그리고 우리들의 부모들이 존재하는 건 나를 만나기 위해서였다는 것.

하지만 잘못된 만남의 매듭으로 생을 빠른 속도로 소비할 수밖에 없는 사람들이 너무나 많아지고 있어 안타깝다. 돌이킬 수 없는 관계에 이르렀다면 더욱 그러하다. 우린 다시 회복하는 일에 더 전력을 기울여야 할 것이다. 더불어 시련이나 고통은 우리의 영원한 동반자임을 잊지 말아야 한다. 그들은 우리를 끊임없이 더 강해지도록 연단 시켜줄 것이다. 아픔 없는 열매 맺음이 없다.

세상에서 가장 향기로운 매듭은 사랑의 포옹이나 악수 아닐까. 서로의 심장을 왈칵 열어야 맞닿을 수 있는 거리. 서로의 체온을 나누는 순간만큼은 두 세계가 연결되는 온전한 매듭이 완성된다. 수많은 드라마에서 포옹이 등장하지 않는 장면이 어디에 있으랴. 포옹은 녹슨 자물쇠라도 능히 열 수 있는 열쇠일 것이다.

하지만 그럼에도 불구하고 우린 점점 회피하고 싶은 경우가 많아진다. 나를 힘들게 하는 소리에만 귀를 귀울이다 나를 자주 놓치게 된다. 나조차 내 편이 되어주지 못할 때가 많아진다. 어떤 순간에라도 나 자신을 먼저 깊이 포옹해주어야 살맛 나는 세상으로 훤해지지 않을까. 지금까지 견뎌왔던 무수한 못자국을 헹궈주고 내가 먼저 누군가의 매듭이 되어주어야 이 세상이 한 뼘이라도 더 아름다워지지 않을까.

지금, 그대를 만나러 갑니다.

관계를 녹이는 15분

강추위로 1주일째 온수가 나오지 않았다.

날이 풀리면 나오겠지 하면서, 무심하게 불편함을 껴입어오다가

오늘 2시쯤 우연찮게 관리사무실 직원과 마주쳐

슬쩍 우리 집에 일주일간 찬물에 머리 감았다고 하니,

헐~ 드라이기 하나로 초간단 해결이 된다니!

보일러 아래쪽 4개 호스 중에 가운데의 두 호스가 언 것이니

그 부위를 드라이기로 녹이면 된다는 것.

아니나 다를까 15분 만에 온수가 콸콸~

나는 여전히 생활이 모자란다. 아직도 초보운전 중이다.

생의 응어리,

어쩌면 15분간의 드라이기 온도만으로도 뚫리는 것이 아닐까.

✦

최선을 다한 사람이 절망할 수 있다

오전 공연 후 쌍용도서관에서 독서.

도서관 복도에서 한 청년의 통화 내역이 귀에 바싹 달라붙는다.

"행복해지려고 회사를 관두었는데요, 행복하지가 않네요."

직장생활이 감옥살이처럼 느껴질 때가 있다.

인형처럼 조종당해줄 수밖에 없는

반대하는 손을 쉽게 들 수 없는 무기력한 또 다른 나를 보며

자주 탈출을 꿈꾼다.

그런데 이를 어쩌나. 상황에 따라 감옥 바깥이 더 넓은 감옥인 것을.

그래서 또다시 좁은 감옥으로 서로 가려고

노예라도 좋으니 한 번이라도 정규직에 갇혀보려고

오늘도 도서관에는 청년들과 중년들이 북적북적 관문 통과 시험을 준비한다.

우린 규율화된 억압적 구조를 적극 받아들이되

나를 변용 시켜 나만의 내재성을 구축해야 한다.

나만의 새로운 질서 속에 감옥을 가지고 놀아야 한다.

내게 시를 깨우쳐주신 최문자 시인은

"최선을 다한 사람이 절망할 수 있다."라는 말씀을 자주 하신다.

최선을 다한 사람만이 절망할 자격이 있다는 의미로 들린다.

여전히 쓸수록 어렵다는 시,

내게는 더욱 가파른 산,

그래도 아직, 절망하기엔 최선이 부족하다.

밤이 별빛에 마음을 �쬔다

그때가 생의 절정이었다

우린 얼마나 많은 여행을 떠나는가. 그 감동의 찰나를 놓치기 아까워서 또 얼마나 찰 칵 속에 담아대는가. 점점 불어나고 저장되던 낯설고도 짜릿한 희열들, 하지만 길들여 진 현실 속으로 운반될 때마다 자주 엎질러지거나 증발된다. 우리는 되돌아와야 하는 괄호 같은 세상이 있다. 괄호 안에 있든지 괄호 밖에 있든지, 설핏 불안해 보이지만 아 득히 멀리서 보면 우린 결국 괄호와 더불어 한 화면에 존재하며 살아가고 있다.

그러니까 10년이 더 지난 일이지만 늘 어제처럼 생생하게 솟구치는 풍경이 하나 있 다. 나는 그때 다시 시작되었다. 괄호 바깥으로 높이 날아가는 한 마리 새처럼.

예기치 않게 괌으로 떠났다. 현장 영업 일선에서 탁월한 성적을 내신 분들이 포상 휴 가로 떠나는 여행에, 내 이름이 끼게 되었다. 당시에 내가 소속된 본사 전략기획팀에서 마침 스태프로 갈 사람이 필요했던 것이다. 지금 생각으로는 어처구니 없지만, 그때 나 는 정말 아무런 사전 준비도 없이 간단한 여행가방과 어수선한 내 몸 하나만 태웠다. 막연하게 해외 여행이라는 설렘만 가방 속에서 숨죽이고 있었다. 살아남아야 한다는 불안감으로 앞만 보고 달려 왔던 내 몸은 반쯤은 내가 아니었다. 모처럼 장시간 동안 좌석에 멈춰 있었다. 그러자 조금씩 심장 박동이 이국적인 리듬을 타며 현기증이 밀물 쳐오는 듯 했다.

괌에 도착하자 나는 내 자신에 대해 매우 놀랐던 게 있는데, 바로 '또 다른 나'의 발견 이었다. 괌에 도착해서 있는 내내 '그 남자'는 에메랄드빛 바다에서 어떤 신비로운 시 선에 홀린 듯 눈을 떼지 못했다. 다른 일행들이 '자유시간'이라는 스케줄을 실적 쌓듯 이 우루루 몰려다니며 자유를 채집하는 동안, 그 남자는 스스로 바닷물에 홀로 남았다.

그에게 지느러미라도 생긴 듯이 물의 맑은 품 속을 유영하며 온몸에 감도는 전율을 주체하지 못했다. 거대한 바다에 몸을 맡긴 조그만 파문 하나. 망망대해라는 시간의 시선 속에 나는 내 의지로 획이 되고 평면이 되고 입체가 되려고 꿈틀거리는 점 하나라는 생각이 들었다. 나는 점점 그 남자가 되고 있었다.

밑바닥이 훤히 들여다보이는 바닷물에 몸과 영혼까지도 투명해지는 황홀함 때문이었을까. 하지만 아무런 이유가 필요 없었다. 그저 자연이 불안해하는 인간을 부드럽게 쓰다듬어준다는 느낌이었다. 지금도 그 날을 생각하면 나는 모천 회귀하듯 어느새 그때 그 남자가 된다.

괌에서 돌아오는 길에 항공사의 사정으로 예기치 않게 사이판 PIC 리조트에 1박 2일로 머물게 되었다. 이미 워터파크가 먼저 나를 몹시 기다리고 있었다. 높은 곳으로 나를 손 잡아 이끌더니 기다란 물줄기로 내 등을 힘차게 떠밀어주었다. 나를 쏘아 매력적인 아슬아슬함으로 바다에 꽂히게 하는 것이 어찌나 즐거웠는지. 그런데 이날은 홀로여서 즐거운 게 아니었다. 지난밤에 뒷풀이 행사 때 친해졌던 선생님들과 함께였기 때문이다. 같이 정상에 올라가서 나란히 줄을 서는 과정이 지치지 않고 그냥 좋았다. 긴 물줄기의 터널을 지나 한 사람씩 한 사람씩 무사히 과녁을 명중하는 모습을 서로 관심 있게 지켜봐주는 게 좋았다. 이것은 같은 목표를 향해 같은 방향으로 함께 몸의 화살을 쏜다는 한마음의 쾌감인 것 같았다.

돌아오는 길에 내 입가에는 내면의 불길에 깊게 데인 흔적이 부풀어 오르고 있었다. 그 흔적은 마치 내 몸에다 '참 잘했어요.'를 찍어준 도장 같았다. 다시 장시간 좌석에 머물러 있으면서 나는 내 몸을 바다처럼 안아주고 있었다.

영원할 것만 같았던, 영원했으면 좋았을 여행의 여정에는 끝이 있다. 괄호 같은 현실 속으로 되돌아가는 일이다. '끝'이라는 낱말은 우리의 삶을 많이 되돌아보게 하거나 정리하게 해준다. 이 끝이 누군가에겐 새로운 시작을 위한 도약일 수도 있고 누군가에겐 새장 같은 현실로의 귀환일 수도 있다. 여기에는 불안이 반드시 등장한다.

우리는 어쩌면 삶이라는 시간에 탑승한 여행객 아닌가.

우리 일상의 드라마를 보면, 항상 끝이 나기 전까지는 불안의 감정에서 헤어나기 어렵다. 빛나는 행복의 결말을 맺기 위해서는 그만큼의 불안한 상황들이 도처에 존재한다. 크고 작은 불안은 피할 수 없는 나의 터널이다. 고속도로를 장거리 운전하다 보면 하나의 터널이 끝나도 다시 새 터널이 멀리 보인다. 목적지까지는 수십 개의 터널을 통과해야 한다.

그런데 역설적으로 불안은 낯설어진 또 다른 나와 비로소 진심으로 관계 맺게 해준다. 불안하지 않으면 획기적인 변화는 없다. 불안을 진심으로 초대하면 내가 더 단단하고 주체성 있는 단독자로 꽃피우게 되리라.

불안이 있어 단기 여행의 끝 지점마다 생기는 마디마디가 시리도록 아름답다. 괄호 같은 터널이 하나씩 끝날 때마다 얼마나 눈부신 바깥이 우릴 맞이하는가. 언젠가 생의 여행 종착 지점에서 다시 되짚어보면, 우린 그때 그 순간의 마디마디가 생의 절정이었음을 깨달을 것이다.

우린 오늘도 여행중이다. 수많은 길이 우리를 터미널로 터널로 나 자신에게로 바래다줄 것이다.

✦

꽃피워라, 냄비 뚜껑이 들썩이듯

오늘 합창을 연습하고 있습니다. 지휘자는 소리를 세우라고 합니다. 그리고 덮지 말고 뚜껑을 열고 뻗어가라고 주문합니다. 질질 끌리는 소리, 질질 끌려가는 소리는 아무래도 울퉁불퉁한 먼지가 난다는 것이겠죠. 저음에서 고음으로 갈 때는 허공으로 띄우듯 가라고 합니다. 독수리 한 마리가 땅을 박차고 단숨에 올라가듯이 말입니다. 그리고 때로는 반대로, 순식간에 낮은 지대를 향해 단숨에 가볍게 제 음을 뚝 떨어뜨려야 한다는 것이겠죠.

끊어야 하는 길은 싹둑싹둑 자르라고 합니다. 부점을 살릴 부분은 확실하게 살려야 생기가 돈다고 합니다. 때론 속삭이듯, 때론 강렬하게 기본적으로 배에 호흡을 탄력성 있게 유지하고 있어야 하고요. 절정에 이르는 부분은 냄비 뚜껑이 들썩이듯 하랍니다.

어쩌면 우리네 삶이란 건 악보 위의 음표들의 모음들이 아닌가 생각들었습니다.

휘몰아치는 마디를 만나든 못갖춘마디를 만나든 오랜 쉼표를 만나든 때론 솔로 파트에 고요히 침묵해야 하는 순간이 오든 우리는 기어이 떠올라야 하고 곳곳마다 꽃 한 송이씩 피워야 하고 클라이막스를 향해 나, 라는 음을 소리내어야 하는 존재.

이렇게 정리하고 싶네요.

"그러므로 꽃피워라, 냄비 뚜껑이 들썩이듯."

✦

두부가 인간을 줄세울 때

명절 이틀 전, 오늘 남산중앙시장을 다녀왔다.

좁고 길다란 시장 골목이 유난히 북적거렸다.

특히 즉석 순두부를 판매하는 조그마한 점포에는 빈틈없이 기나긴 줄의 행렬.

가끔은 두부 한 모가 인간들을 줄 세우는 순간들도 생겨난다!

인생 최고의 순간은

내가 두부 한 모의 가치만큼은 되어야겠다는

도전과 욕망을 발견하고 각성하는 순간이 아닐까.

이를 위해 내가 치명적으로 가루가루 으깨어지고 반죽되는

바로 그 불쾌함의 끝을 힘껏 껴안았을 때 비로소 두부가 된다.

그리하여 콩나물 시루 같은 인간들이

비좁고 답답한 대기 속에서도

가슴마다 햇살 한 모 켜놓고 생명수라도 하사받으려는 듯

아무 저항 없이 줄이 되어 있는 것이리라.

✦

못 하나 견디지 못하나

못은 억울하다. 사람들마다 못이 수두룩하다고 아우성이다. 뼛속까지 날카롭다고 별을 버린 어둠 깊숙이 얼굴을 박는다.

못은 그냥 못이 하는 일을 했을 뿐이다. 그는 못 박기 위해 태어난 것이 아니라 박히기 위해 만들어진 것이다. 벽에 박혀도 될 만큼의 강철 체력을 위해 평범한 쇠붙이들이 의기투합하여 제 몸을 단단히 벼려낸 것이다. 그러기에 못은 억울하다.

왜 사람들은 못 하나 제대로 견디지 못하나.

성인이 된 못은 네모난 상자에 대기해 있다가 때가 되면 바깥 세상으로 나온다. 그리고 그의 예리한 쇠의 눈빛이 필생의 목표 지점을 겨눈다. 이제 모든 준비는 끝났다. 두근거리며 황홀한 망치질을 기다린다. 머리가 깨질 듯한 고통을 설레며 기다린다. 누군가의 때묻은 짐을 들어줄 손이 되기 위해, 번뇌가 넘쳐흐르던 모자에게 의자 하나 내놓기 위해, 액자에서 번져나오는 묵직한 삶의 여정을 떠받쳐주기 위해, 못은 망설이지 않고 벽 속으로 뛰어든다.

나는 좋은 사람으로 불리는 게 좋았다. 타인으로부터 착한 사람이라는 평점을 듣고 싶어 했다. 그래서 나는 내 가슴에 세워져 있는 벽에 아름다운 그림을 전시하여, 누구에게나 좋은 기억으로 남는 풍경이고 싶었다. 그림이 점점 늘어날 때마다 그만큼 못이 필요했다. "좋은 사람이군요."라는 말을 포근한 망치처럼 맞으며 거멀못 같은 완벽한 대인 관계를 꿈꾸었다.

그런데 삶의 마디마디마다 벽에 주름이 쩍쩍 갈라지는 일들이 끊이지 않았다. "형편 없는 그림이군요. 하나도 쓸모 없겠어요."라는 광두정 같은 말들을 함부로 탕탕 박고 사라졌다. 그럴 때마다 나는 한동안 홀로 울분에 싸인 채 벽에 머리를 쾅쾅 박는다. 그리고 얼마 후 다시 좋은 사람으로 돌아온 나는 뭉개진 얼굴에 천진난만한 미소를 가면으로 씌운 채 묵묵히 못을 뱉아낼 뿐이었다. 가끔씩 갑자기 울컥 천둥 치는 눈두덩이에 손을 받치면 물이 그치지 않았지만 아무에게도 들키지 않았다. 나는 쓸모 없다는 기분이 들 때마다 또 다른 나에게 타일렀다. 괜찮지? 그냥 괜찮다고 말해. 너만 참고 견디면 아무 일도 없는 평온한 날씨가 계속 될거야.

어떤 못은 대가리가 없는 무두정이어서 한 번 못 박히면 도무지 빠지지 않는다. 보이지도 않는 사각지대에서 '참 믿을 수 없는 위험한 사람이야.' 같은 소문이 가파르게 못을 물고 다니며 망치질하곤 했다. 이건 또 무슨 일이지. 내가 과녁이 되어 난타 당하고 있는 현실이 지극히 야속해졌다. 왜 하필이면 나일까. 나의 어쩔 수 없이 뾰족한 부위만 들여다본 탓일 것이다. 나는 그들의, 아무 짐도 걸어주지 않으려는 냉정한 뒷모습조차 넉넉하게 이해하려고 애썼는데, 되돌아온 건 쇳덩어리 상처였다. 그러나 나는 좋은 사람이니까 잊어야 해. 잊을 수 있을 거야. 이해할 수 없는 일은 빨리 잊어버리는 게 속 편했다.

굵은 나사못이 짐승 이빨 같을 때도 있었다. 나를 사납게 꽉 물고 있는 말이 뼈저리게 소용돌이치면서 속살을 파고든다. 너무 아파, 라는 말을 넘어설 낱말이 없다. 그것은 좀처럼 뒤로 물러서지 않는다. 한 번 물리면 내가 죽지 않는 이상 놓지 않는 쇠의 어금니. 얼마 전 아파트 내에서 일어난 일이 떠오른다. 내 차 앞에 주차한 차주에게 차를 빼달라고 연락했으나 도무지 전화를 받지 않아 직접 찾아가서 깨웠다. 그러자 그는 무시무시한 시선을 내게 바싹 조여오면서 온갖 험한 욕설로 못질해댔다. 무섭게 물어뜯기는 기분이었다. 그 날 이후, 그의 차가 눈에 띌 때마다 못으로 타이어를 구멍 내는 상상을 하게 되었다.

좋은 사람이라는 역할이 싫어지는 순간이 소낙비처럼 올 때가 있다. 왜 각본에 못 박힌 지문대로만 나를 움직여야 하나. 왜 각본에 짜여진 착한 대사만 앵무새처럼 읊조려야 하나. 자신을 스스로 좋은 사람이라는 새장에 가둔 건 아닐까. 새장 문을 활짝 열어두어도 새장을 쉽게 떠나지 않는 까닭은 무엇일까. 아마도 그것은 새장 바깥이 진짜 위험한 야생의 새장이라는 것을 본능적으로 예감하고 있는 것은 아니었을까.

내 가슴 속에서 못 하나가 빠져나간 둥근 부위를 손가락으로 만져 본다. 이토록 빈 동굴. 이토록 보이지 않는 아픔. 뽑히지 않는 상처. 손가락 끝에 침묵이 박혀온다.

아픔의 끝은 언제나 날카로운 것 아닌가. 그러기에 못은 억울하다. 무엇을 위한 단단한 날카로움이란 말인가. 그는 아프게 하기 위해 태어난 것이 아니라 아프기 위해 만들어진 것이다. 그것도 벽이 뚫릴 만큼의 치명적인 고통이다. 이처럼 좋은 사람도 아플 수밖에 없도록 만들어지는 것일까.

내가 좋은 사람을 포기하고 싶은 이유는 망치의 힘이 두려워서일까, 가시 돋친 말 한마디를 견디지 못해서일까, 아니면 타인을 위해 벽 속으로 뛰어드는 것이 두려워서일까.

오늘도 어디선가 못 하나 박는 소리가 종소리처럼 들리는 듯하다.

아래층에 있는 나

천안 신세계백화점 아카데미에서 공연 후

검품장에 짐을 내려놓고 차를 가지러 갔는데

차가 사라지다니! 분명히 31번 라인에 세우고 인증샷까지 찍어두었었는데.

텅 빈 바닥….

오랫동안 어리둥절하다가 아하, 아래층에 두었을지도 몰라 부랴부랴 내려갔더니

아래층 31번 라인에 꿈벅꿈벅 기다리고 있는 애마.

가끔, 나를 더듬는다. 만져지는 것이 내가 아닌 것 같아서 불현듯, 나를 찾아 나선다.

어딘가에서 떠돌고 있을 내 의식은 언제나

아래층에서 발견된다.

그동안 전국을 쏘다니며 공연해왔지만 10년째 거주하고 있는 천안시는

이제서야 본격적인 물꼬가 트이기 시작했다.

신세계를 비롯·롯데마트 쌍용점 성정점 등이 내년 1분기 예약을 마쳤다.

홍보 한번 없이 입소문으로만 채워지는 스케줄.

천안은 이제야 아래층에 있는 나를 발견했나 보다.

알고 보면 소중한 것은 멀리 있지 않다. 소중한 순간도 멀리 있지 않다.

멀리 찾다가 없으면 아래층으로 내려가보라. 곁, 사이, 바깥에 시선을 꽃피우라.

누군가 이름이 불려질 순간을 오래 기다리고 있다.

기다림에 지쳐서 방전되었을 수도 있다.

코끼리가 살얼음 걷듯 하라

어제 여수공연 후 귀갓길.

톨게이트 비용 절약하고자 도착지점 50킬로 남겨놓고 국도로 진입했는데

30킬로 앞두고부터 눈이 계속 내려 살얼음이 되어가는 도로를 초긴장하며 운전….

코끼리가 살얼음 걷듯 하라.

익숙한 사람일지라도 누군가를 만나는 일. 나의 언어를 타인에게 내미는 일.

자동차가 살얼음 걷듯 하라. 부디.

최근에도 나는 폭설을 맞았다. 괜찮게 보였던 사람으로부터 연거푸 미끄러졌다.

따뜻한 말 한마디가 살얼음을 녹인다.

사람들은 자신의 말 속에 있는 어마어마한 가시를 잘 모른다.

자기에겐 하나도 없는 줄 안다.

타인에게만 있다고 소리소리 내지른다.

인간은 생각하는 갈대다.
인간은 '생각'을 통해 갈대처럼 나약하고 초라해보이는 삶을 극복할 때
영원한 진리를 얻을 수 있다고 한다.
인간의 존엄성이 '생각'에서 비롯된다는 것이다.

−「갈대」중에서

4부

봄바람이 분다
꽃피워야겠다

✦

갈대

단양에서 마술공연을 마치고 돌아오는 길에, 남한강 갈대숲이 큰 소리로 나를 부르는 게 아닌가. '이크, 회초리로 혼내려고 부르나 보다.' 하고 무언가를 들켜버린 마음으로, 무거운 그림자를 잡아끌며 갈대숲에 멈춰 섰다. 사실 자녀 교육 문제로 조금 상심해오던 터였었다.

그런데 갈대는 음악처럼 황홀한 음성으로 "바람 한 잔 마시고 가." 하며, 구름의자를 꺼내 날 앉혔다. 갈대는 익숙한 몸놀림으로 아침이슬을 주전자에 쏟아붓고 맑은 햇살로 팔팔 끓였다. 바람 한 스푼, 별빛 달빛 두 스푼씩 넣고 휘젓자, 그 속에서 수많은 소리들이 출렁거렸다. 잘 익은 귀뚜라미 소리, 새 소리, 잘 볶아진 천둥소리, 빗줄기 소리. 이 모든 소리 향기를 음미하며 한 모금 마시니, 아, 나는 어느새 속을 텅 비운 갈대가 되었다. 마치 마술처럼, 그러나 아무런 트릭이 없는 진정한 마법처럼, 내 속의 것을 뻥 뚫어준 갈대는, 나를 비워내야 새 하늘과 새 땅을 채울 수 있음을, 비워진 만큼 더 향기로운 소리로 연주할 수 있음을 일깨워주었던 위대한 멘토다. 그럼에도 불구하고 여전히 아직도 갈대에게 가끔씩 호출당해 문밖에서 서성거린다.

오늘도 갈대는 쉬지 않고 그 누군가를 초대하기 위해 바람을 준비한다. 바람을 빚는다. 바람결이 썩지 않도록 맑게 흐르도록 끊임없이 헹궈내며 생을 흔든다. 위로와 평안을 주는 음악도 듬뿍 틀어주고, 안정과 치유가 되는 지혜의 말씀도 넉넉히 꽂아놓는다. 누구에게나 쉼표가 있어야 하는데, 갈대는 왜 멈추지 않는걸까? 아마도 모든 인생은 멈추면 끝이다, 멈추지 않으면 인생은 끝이 아니다, 흔들리는 게 삶이다, 흔들리니까 끝이 아니니까 훌훌 털고 다시 시작할 수 있다, 충분히 흔들리고 충분히 고뇌하고 방황해 보아야 한다고 온몸으로 온 가슴으로 보여주는 것이리라.

살다 보면, 불량배 같은 폭풍이 들이닥칠 때가 있다. 그런데도 갈대는 몸만 잠시 낮출 뿐 결코 꺾이지 않고 다시 우뚝 일어선다. 2미터 정도의 큰 키에 비해 줄기가 매우 가늘어서 손대면 톡 하고 부서질 것 같은 갈대가 거친 물살에도 거센 강풍에도 휘어질 뿐 부러지지 않고 견뎌낼 수 있다니. 일편단심 속을 텅 비우고 나누며 살아가는 갈대의 힘이 놀랍다. 속을 더 채우고 햇빛을 더 많이 차지하려고 아우성인, 전쟁터 같은 이 세상, 그러하기에 갈대의 존재는 더욱 눈물겹게 아름답다. 갈대는 그냥 자라기만 하면 부러지기 쉽기에 줄기 곳곳에 마디를 만든다. 외유내강이라 했던가. 겉보기엔 가볍고 연약해 보이나 실상 폭풍도 한판승으로 이길 수 있는 초강력 부드러움의 카리스마를 한 마디씩, 한 마디씩마다 저축해왔던 것이다. 물질 저축에만 급급한 우리는 폭풍조차 돈으로 해결할 수 있다고 착각하고 있는 건 아닌가. 과연 나는 폭풍 앞에 당당히 맞설 수 있을까, 갈대에게 묻고 싶다.

살다 보면, 내 인생을 송두리째 뽑힐 위기가 닥칠 때도 있다. 그런데도 갈대는 눈 하나 깜짝 않고 강하고 담대하게 맞선다. 심지가 강철 같은 갈대는 손으로 뽑히지 않는다. 굴삭기가 필요하다. 갈대는 지하 줄기에서 새로운 줄기를 발달시키면서 그물처럼 단단하고 치밀하게 얽히고설켜 있다. 지하로 뻗어가는 줄기 마디에서, 다시 지상으로 곧추선 줄기를 밀어 올려 땅 위를 다시 한번 촘촘히 메워나간다. 유순해 보이는 겉모습과 달리 이토록 땅속에서 철통같은 사전 준비를 해왔기에 그 누구도 만만하게 대하지 못하게 된다. 집을 지을 때 땅속 기초 공사가 가장 중요하다는 건 삼척동자도 알고 있으리라. 기초가 부실하면 집이 무너지는 건 시간 문제. 우리의 신체, 우리의 영혼, 우리의 생각도 꿈도, 아무리 화려해도, 그 기초가 부실하면, 백화점도 무너지고 배가 뒤집히고 내 인생의 가을이 붕괴되고 만다.

살다 보면, 내 삶이 다른 삶과 비교되어 초라해 보이는 때가 있다. 장미나 백합처럼 화려한 꽃잎을 가지지도 못하고 사과나 포도처럼 탐스런 열매도 아니다. 심지어 같은 벼과 식물인 벼처럼, 인류에게 양식을 제공하는 세계적인 스타 앞에서는 주눅이 드는 느낌이다. 그러나 갈대는 영혼의 바람을 일으켜주고 '생각'을 일깨워주는 신성한 역할을 맡고 있다. 인간은 생각하는 갈대다. 인간은 '생각'을 통해 갈대처럼 나약하고 초라해 보이는 삶을 극복할 때 영원한 진리를 얻을 수 있다고 한다. 인간의 존엄성이 '생각'에서 비롯된다는 것이다. 가슴 벅차오르는 화려한 단풍도 우리에게 초라함을 느끼게 하지만, 금방 식어버린다. 그러나 갈대는 오랫동안 우리의 가을풍경으로 머물러 주는 고향 친구 같은 존재이기도 하다. 누구든 스스로 초라해 보이는 순간이 오면 갈대숲으로 오라.

세계 5대 습지에 선정된 순천만 대대포 갈대밭 풍경을 보면, 특히 늦가을, 갈대의 흰색 포자가 눈처럼 날리며 온 하늘을 뒤덮는 환상적인 풍광을 보면, 거기다가 천연기념물 흑두루미를 비롯한 200여 종의 철새 소리를 포근히 색칠해주는 노을을 보면, 그 얼마나 아찔하도록 황홀할까. 그 얼마나 짜릿하도록 환상적일까. 그 얼마나 내 인생이, 내 영성이, 내 생각이, 내 감성이 벅차도록 풍요로와질까.

질퍽거리는 습지, 질퍽거리는 삶의 터전에 뿌리를 내리고 있지만, 갈대는 항상 태양을 피하지도 않고 거친 시련도 당당히 극복하며 스스로의 단점조차 더 큰 역할로 승화시켜주고 있다. 갈대는 막힌 길에 서 있는 누군가에게 바람을 일으켜 길을 발견케 이끌고 때론 길을 만들거나 길을 뛰어넘게 해준다. 나도 갈대숲에 서면, 일부러라도 길을 잃는다. 그리고 만 년의 바람을, 깊은 산속을, 넓은 바다를, 영원의 '생각'을 마신다. 더불어 나의 심지를 더욱 굳건히 뿌리내린다. 나도 누군가에게 해갈이 되고 싶다. 넉넉한 고향 친구처럼, 마중물처럼 마중갈대가 되고 싶다. 그 누군가와 함께 흔들려주고 길을 일으켜주고 길 위에서 생을 연주하리라.

✦

별빛은 별의 눈물

탁 트인 하늘, 탁 트인 바다. 그 사이에 바람이 분다.

햇살 비치는 바다가 펄떡거리는 싱싱한 황금빛 황금물결 되는 건

보이지 않는 바람의 솜씨. 바람 없는 바다는 소리 없는 영화 같으리라.

바다가 더욱 아름다운 건, 바다가 항상 감동적인 건

멈추지 않는 바람의 연주 그리고 온몸으로 받아들이는 바다.

둘이 하나가 되어 기적을 만든다. 눈부신 영혼 깃든 보석이 된다.

그러므로 그대여, 정중히 바람을 초대하라.

끝없는 우주 어디선가 버림받았던 돌멩이들, 외면당했던 먼지들.

그 수많은 상처들이 맞부딪쳐 그 상처들의 울음이 삭고 삭아 별이 된다.

뚝뚝 떨어지는 별빛은 별의 눈물, 통증을 치유하는 마법의 눈물.

상처가 두려워 통증이 두려워 아직도 우두커니 먼지처럼 떠도는 삶 하나.

별 볼 일 없는, 별 될 일 없는

그대여, 진정 별이 되려거든 별처럼 살아가려거든 상처로 눈물로 질주하라.

통증으로 녹아져라. 아픔은 그대가 별이 되고 있음이니―

어제, 전북 부안, 김영석 시인 댁, 방문.

식사도 언어도 주(?)님도 푸짐. 시집도 선물 받고 돌아오는 길.

비가 내리고….

헤어짐이, 많이 익숙하지 않으신

할아버지 시인 한 분이 우산도 쓰지 않고 빗물을 글썽이신다.

그분의 시집 제목인 『썩지 않는 슬픔』처럼.

당신의 비문碑文에 남기고픈 말은?

배재대학원에서 문학을 배우던 시절.

회식 때, 갑작스런 질문에 우리 제자들은 차례대로 답을 해야 했다.

"당신의 비문碑文에 남기고픈 말은?"

어쩌다가 나는 '나'의 죽음을 잠시 떠올리며, 내 차례가 되자

나도 모르게 불쑥 내뱉은 말,

"자, 이제부터 시작이다."

그러자 강희안 교수님이 휘둥그레진 눈으로 내게 악수를 청해오셨다.

놀라운 답변이었다면서.

어저께 누군가가 발 빠르게 우릴 추월하여 시작하고 있다.

어디에도 없어야 했던 그가, 바윗돌을 시계바늘처럼 굴리던 그가,

어디에든 있게 되었다.

시간이 걸렸던 자리에 녹슨 뼛조각 몇 개 못 박아두고서

다시 시작하고 있다.

우리에겐 존재하지 않는 바깥에서

그는 다시 쓰고 있다.

취급 주의라든지 시한부라든지

시간 따위는 아무 쓸모가 없는

삶의 바깥에서.

봄바람이 분다 꽃피워야겠다

오늘도 여전히 겨울을 껴입은 채, 공연을 하고 있었다. 보석 같은 아이들의 웃음소리를, 창문 너머로 누군가가 엿듣고 있었다. 공연을 마치고 가다가 나도 모르게 주차한 기흥휴게소. 곧바로 내리려고 했으나 아침부터 지금까지 집요하게 내 생각 뿌리까지 적셔오던 보슬비, 잠시 망설였다. 비를 지워야 할 우산이 없었던 것이다.

잠깐만…, 그리고 보니, 아, 이건 봄비 아닌가!, 봄이구나, 봄이 와 있었구나!

문을 활짝 열고 와락 봄비를 껴안았다. 함께 글썽이며 무작정 걸었다. 어디로 갈까 서로 묻지도 않았다. 휴게소 옆에는 자그마한 산이 연결되어 있었고 그 동산 오솔길을 걷고 있었다. 거기엔 목련과 벚꽃도 두꺼운 겨울바람을 벗고 싱싱한 봄으로 화장하고 있었다. 나도 탐스런 봄을 꽉꽉 눌러 담고 또 담았는데, 내려오는 길은 오히려 민들레 씨앗처럼 가벼웠다. 이제야 봄이 내게로 온 것이다. 내게서 봄 향기가 흐르고 다시 새싹이 돋는다. 그리웠던 봄, 그리웠던 나를 다시 되찾는다. 나도 봄이다. 다시 시작이다.

해마다 봄은 겨울을 밑거름으로 새 생명을 일으키며 꽃피운다. 그렇다면 이런 기적을 일으키는 봄을, 누가 먼저 맞이할까 궁금해진다.

'봄 사랑이 알큰하게 피어난다. 알큰한 그 숨결로 남은 눈을 녹이며 더 더는 못 견디어 하늘에 뺨을 부빈다(미당).'는 매화. 봄 햇살로 푸짐한 노란 불꽃 지펴놓는 산수유꽃, 생강나무꽃, 뒤를 잇는 개나리꽃. 이에 뒤질새라 앙증맞게 강아지 꼬리를 흔들며 봄 길목에 서성대는 버들강아지, 그리고 점점 붉은 가슴으로 타오르게 하는 진달래꽃, 철쭉꽃의 향연. 심지어 참나무에 얹혀살아야 하는 겨우살이도 꽃을 피운다. 이른 봄부터, 못난이 애벌레에서 화려한 변신에 성공한 무당벌레와 노랑나비들도 봄을 활짝 맞이한다.

저 멀리 섬진강에도 봄철 산란기를 맞아, 남해로 내려가서 살던 황어들이, 아직은 차가운 물을 힘차게 거슬러 올라온다.

그런데 이렇게 화려한 봄의 무대, 그 뒤안길에서, 이른 봄부터, 먼저 봄이 되고자 고군분투하는 야생초를 소홀히 해선 안 될 일이다. 이름 없이 빛도 없이 자세히 보지 않으면 그저 잡초일 수밖에 없는 존재 아닌가.

눈을 녹이며 피어난다는 복수초는 얼지 않으려고 스스로 몸 온도를 높인다. 그래서 작은 곤충이 찾아와서 몸을 녹이면서 꽃가루받이도 도와준다. 복수초의 황금빛 꽃잎은 햇살이 닿으면 금잔 모양이 된다. 아, 봄 햇살 품은 금잔을 들고 다 같이 축배를! 먼저 체온을 나누고자 하는 가슴에, 먼저 봄이 기웃거리는 것이리라.

한편 노루귀는 늘씬한 몸매를 자랑하고 싶지만, 꽃샘바람을 피하려고 털을 달고 나온다. 그리고 큰 나무가 봄 햇살을 독차지하기 전에 서둘러 가랑잎을 비집고 올라온다. 사회적 약자로서 살아남기 위한 치열한 몸부림인 것이다. 강한 식물을 이기려면 '힘'이 필요한 게 아니라 '극복하는 지혜'가 필요한 것이다. 누구든 자신만의 명확한 생존전략이 없으면 어디서든 살아남기 힘들리라.

바람꽃은 어떠한가. 봄바람의 발자국 소리만 들어도 바람처럼 꽃을 피운다. 바람의 신은, 서로 뜨겁게 사랑했으나 바람꽃이 되어버린 여인 아네모네를, 해마다 잊지 않고 서둘러 춘풍을 보내어 지상의 별꽃으로 피어나게 한다. 그녀를, 그대를, 나를 못 견디게 보고 싶어 봄바람이 부는 것이다. 그러나 봄꽃을 피우고 안 피우고는 나의 기다림이 얼마나 간절한가에 달려있다.

그 외에도 수많은 야생초들이 빈 들마다 봄을 실어나르고 있다. 그들은 짓밟힐수록 더욱 향기가 짙어진다. 삶이 가파를수록 더욱 깊고 강하게 뿌리내린다. 그리고 다시 지워지지 않는 봄의 밑그림이 되어주는 그들, 경외의 기립박수를 보낸다.

작년 3월 초, 막차를 타고 서울에서 천안에 도착하니 밤 12시가 넘었다. 20분 걸으면 충분한 거리라서 여유롭게 걷다가 길을 잃고 말았다. 1시간이 지나서야 도착한 집 근처. 바로 그때, 올려다본 밤하늘 때문에 얼마나 깜짝 놀랐던지, 그 기억이 아직도 선명하다. 하늘이, 그 별들이, 너무나 가깝게 내려와 있어서 뻗으면 손에 잡힐 정도였다. 그랬다. 도시 불빛이 있을 땐 맨눈으로 40여 개의 별이 보이지만 없을 땐 4천 개까지 보인다고 한다.

달력이 전혀 없는 옛날 사람들에게는 봄을 알려주는 중요한 별이 '아르크투루스'였다. 아라비아인은 '하늘의 수호성'으로, 이집트인은 '신전의 별'이라고 신성시했던 별, 전체 별 중에 세 번째로 밝은, 목동자리에 있는 별이다. 이 별과 함께 사자자리의 레굴루스(20위), 처녀자리의 스피카(16위), 이 세 별이 봄의 길잡이가 되어준다. 서로 손을 맞잡으면 '봄의 정삼각형'이 된다. 이들은 모두 더 멀리 있을 뿐, 사실은 태양보다 1만 배 이상 더 밝다. 황홀한 봄의 절창이, 신비스런 봄의 호수가 저 하늘 높은 곳에서도 출렁이고 있다. 그 위로 북두칠성이 봄을 퍼마시려고 호시탐탐 맴돌고 있다. 그렇다. 하늘에서도 봄을 맞이하고 별빛 영롱한 꽃을 피운다.

봄이다. 햇살에 기대어 아기처럼 고요하게 잠들고픈 봄이다. 봄은 겨울을 털고 어제를 떠나보내고 당당히 일어선 삶이다. 폭설을 털고 한파를 잠재우고 절망을 꺾고 찾아오는 봄이다. 아픔을 통과해야 오는 봄이다. 눈물을 흘려보았기에 세상에서 가장 진하고 향기로운 봄이다. 와서 따뜻한 숨결로 생명을 불어넣는다. 그로 인해 산천초목마다 보석꽃을 왈칵 쏟아붓는다. 그럼에도 불구하고 전혀 소란스럽지 않은 건 웬일일까. 오히려 한 톨의 소음조차 첫출발을 하는 이에게 방해될까 봐, 거대한 적막으로, 위대한 낮아짐으로 봄이 온다. 이런 숭고한 봄을, 우린 얼마나 더 오솔길을 걸어야 다다를 수 있을까. 해마다 봄은 오는데 언제나 겨울처럼 살아가는 사람이 있다. 반면에 사계절 내내 가슴 속에 봄바람이 불고, 꽃이 피고, 별이 빛나는 사람이 있다.

봄바람이 분다. 꽃피워야겠다. 날마다, 남은 날의 처음처럼.

✦

꽃은 시인 앞에 와서 별빛이 된다

고영민 시인의 「시인 앞」 이라는 시에서 "꽃은 시인 앞에 와서 핀다."라는 구절을 읽고, 나는 이렇게 화답 시를 쓰고 싶어졌다.

꽃은 시인 앞에 와서야 더 이상 꽃집의 꽃이 아니다. 무엇과도 바꿀 수 없는 그 누구도 꺾을 수 없는 꽃눈을 달고 꼿꼿이 박혀 있는 그대인 듯 나인 듯 우린 영영 기억되기 위해 길 떠나고 오래 떠나기 위해 별빛으로 돌아와 골목길에 세 워둔 집 한 채 꿈결처럼 허물 뿐. 꽃은 시인 앞에 와서 별빛이 된다.

길을 걷다가 무궁화에게 묻는다. 당신은 정말 무궁합니까. 난감한 표정 짓던 무궁, 왈. 죽어도 죽지 않을 거라고 믿는 희망이 무궁한 것이라고. 무궁과 가장 불편한 사이는 허무라고.

오월이면 우리 아파트 앞뜰에는 연로하신 몸매에도 매화를 잔뜩 든 젊은 고목이 계신다. 풋풋한 매실을 살찌우는 동안 뼈가 폭삭 삭아 내린 그녀의 옆구리 쪽 지하 둥지에 숨 어 든 새와 새끼들을 둥글게 품는다.
손에 잔뜩 든 모빌들, 오래된 초록빛 종소리 먹이는 동안
잘 익은 새소리들이 알알이 솟구쳐올라 유월의 하늘로 흩어지고 있다.

✦

내가 사랑 받는 이유

　내 이름은 아까시나무다. 한때는 나를 아카시아라고 불러주었는데 기분 나쁘지는 않았다. 왜냐하면 모두들 나를 너무 좋아해 주니까, 심지어 '동구밖 과수원길 아카시아꽃이 활짝 폈네~'라는 노래로 나를 너무 사랑해 주니까.

　유난히도 나를 매우 사랑해주는 사람이 있다. 그는 어릴 때부터 중년이 된 지금까지도 나만 보면 발걸음을 멈춘다. 학창 시절엔 친구처럼 내 손을 종종 잡고 노래 불러 주었고, 청년 시절엔 연인처럼 날 포옹하며 입맞춰 주었으며, 중년이 된 지금은 어머니처럼 응시하며 시를 쓰고 향기를 품는다. 학창 시절부터 지금까지 그의 모든 사인은 Acacia였다. 그리고 글을 쓸 때마다 '아카시아가 전하는 글', '-아카시아가' 등등의 표현을 잊지 않았다. 그가 날 이렇게까지 한결같이 사랑해주는 이유를 골똘히 생각해보았다.

　무엇보다도 거친 광야를 두려워 않고 치유와 회복에 올인하는 내 모습 때문이리라.

　일제 강점기에, 그리고 6.25전쟁으로 폐허가 되었던 이 땅에, 난 국가의 부름을 받고 저 멀리 북아메리카에서 산 넘고 바다 건너 왔다. 나의 임무는 헐벗은 산과 들을 푸르게 푸르게 치유하라는 것. 내겐 아무리 척박한 땅이라도 기름진 땅으로 변신시킬 수 있는, 마법 같은 능력이 있다. 공중에 둥둥 떠다니는 질소를 빨아들여 아무리 황폐하고 토질이 척박한 곳이라도 비옥한 땅으로 변신 시켜 울창한 숲을 이루어낸다. 심지어 쓰레기 매립장이나 버려진 땅조차 치유하고 회복 시켜 빠르게 번식함으로써 다른 나무들보다 생태계의 상처를 더 잘 회복 시켜 주는 나무란 게 자랑스럽다. 누구든 삶이 고달프다 느껴지면 조금만 산책해보라, 이미 내가 먼저 푸른 옷 입고 기다리면서 너에게

줄 신선한 바람과 달콤한 향기를 굽고 있으리라. 그 요리 솜씨에 어쩌면 마음의 상처까지도 치유될 것이다.

내가 이처럼 사랑받는 또 다른 이유는 외유내강外柔內剛 성격 때문이리라. '겉으로는 부드럽고 순하나 속은 곧고 꿋꿋한' 내가 자기를 꼭 닮았다고 종종 자랑하던 그였다. 나의 모습은 약해보여도 근육이 불끈거린다. 호리호리한 가지라고 얕보다간 큰코다친다. 한 번 날 꺾어보라, 네 손만 아플 것이다. 내 몸은 단단하면서도 부식에 강하고 오래 간다. 내 뼈를 떼어내어 작은 배를 만들기도 하고 든든한 울타리가 되어 준다. 또한 난 오래오래 활활 불타오른다, 그것도 연기를 별로 뿜지 않으면서. 그래서 서로서로 나를 땔감으로 쓰고 싶어 아우성이다.

그리고 나의 꿀을 아낌없이 나누는 나의 마음을 사랑하는 것이리라.

오월만 되면 난 향긋한 꽃잎을 피우는데 이때 나의 꿀을 쉽게 찾아 채취하기 편리하도록 꿀샘을 진하게 표시해둔다. 정말 많은 벌들이 나를 찾아온다. 정말 수많은 웃음들이 내 맘을 환하게 비춘다. 난 아낌없이 꿀을 생산하고 나눠준다. 우리나라에서 생산되는 벌꿀의 70%가 나의 꽃샘에서 나오니, 어떤 이는 날 꿀벌나무Bee tree라 불러준다. 양봉농가의 삶의 터전이 되고 있음에 늘 감사하고 수많은 사람들에게 가치 있는 존재로 남을 수 있음에 늘 행복하다. 사실 난 나의 나눔을 통해 단 한 사람에게라도 기쁨이 되고 희망이 될 수 있다면 이미 나의 살아가는 의미를 다 이루었다고 늘 생각한다. 안타깝게도 꽃피는 시기가 10~12일이라 매우 짧다. 그러나 나의 뜨거웠던 나눔의 정신이 몇 년이 지나도록 누군가의 삶으로 계속 흘러갈 것이다. 그런데 난 꿀뿐만 아니라 나의 꽃과 잎, 열매, 목재까지 하나라도 버릴 게 없는 쓰임새 많은 나무다. 꽃과 잎으로 음식도 만들고 꽃차, 꽃즙, 사료, 그리고 좋은 약용으로도 쓰인다. 목재는 무늬가 아름다워 고급목재로 쓰인다. 그 외에도 그늘이 되어주고 동글동글한 잎새로 산소를 불어넣어준다. 그렇다. 난 처음부터 나눠주기 위해 태어난 나무일지도 모른다.

내가 사랑받는 또 하나의 이유는 그리운 사람의 향기가 나기 때문이리라.

내 곁에만 있으면 몰래 짝사랑했었던 첫사랑이 생각나고, 내 잎새만 봐도 한 잎 한 잎 따면서 사랑한다 사랑 안 한다 독백하며 속끓이는 사랑을 하던 그 시절이 생각난다고 한다. 또한 나의 꽃향기만 맡으면 그 속에서 어머니가 걸어 나와, 아무런 대가 없이 자식을 위해 모든 꿀을 차려주신다고 한다. 그리고 그는 그러한 어머니를 위해 '아카시아의 사랑'이라는 시도 지어서 내게 들려주었다.

　　하지만 당신은, 뿌리 단단히 넓게 내리시고 수없이 몰아쳐 오는 거친 풍파 속에서도
　　강한 모성애 하나로 은밀한 사랑 가득 풍기는 꿀과 향기를 잉태하십니다.
　　아무런 대가 없는 내리사랑으로 끝없이 끝없이 나눠 주고 또 나눠 주십니다.
　　어머니, 나의 어머니, 영원히 존경합니다. 영원히 사랑합니다.

나는 아까시나무다. 아까시는 가시가 있다는 뜻이다. 내가 이 땅에서 해야 할 임무가 너무나 소중하고 아름다워서 내 스스로 뼈를 뜯어내어 고통의 가시 언덕을 세웠다. 매 순간 나의 갈 길을 잊지 않기 위해 나의 초심을 흐트러지지 않게 하기 위해 기꺼이 가시를 품는다. 그 어떤 시련과 고통을 퍼붓는다 할지라도, 난 아파도 웃으리라. 아파서 황홀하리라.

✦

조금씩 너의 가슴으로 옮겨 심어지고 있었다

청주 남일초 후문을 찾아 헛돌다가

나를 닮은 풍경에 덜미 잡혔다.

모심기를 하고 있는 논.

차를 멈추고 얼굴을 열었다.

나를 배경으로 모르는 말과 기호들이 속살거리는 것 같았고

섬우주 같았던 나는

모르는 얼굴 모르는 표정으로 초기화되어가고

조금씩 너의 가슴으로 옮겨 심어지고 있었다.

✦

오늘을 굴리다

어제 태안 해변 노을길 구간. 요즘은 떨어진 것에 맘이 쏠린다.

두 시간 내내 날 이끈 건

떨어진 솔방울들 길 위에 떨어진 모래알들,

그 위에 떨어진 그림자, 모래톱에 떨어진 폐타이어,

가장 낮은 웅덩이에 떨어진 바다.

오늘 아침 우리 집 앞 살구가 떨어져 있다.

예전에는 할머니들이 앞다투어 주워가버리셨는데

요즘엔 떨어진 것들이 자꾸 밟힌다.

올해의 할머니들은 다들 어디론가 떨어져 버리셨나…

바위 같은 솔방울을 굴린다. 오늘이라는 산을 굴린다.

산 정상에 오른 후에 나는 솔방울에 강력한 스핀을 걸어

산 아래에 떨어져 있던 노을진 그림자를 향해 전력으로 내던진다.

스트라이크!!!

그날을 기다리며
- 매미의 일기

　내 고향은 참나무, 알에서 깨자마자 불난 듯 땅속으로 주소를 옮깁니다.

　너무 부지런한 개미에게 잡히기 전에 다이빙하듯 흙 속으로 뛰어내렸어요. 아, 그러나 그 찰나조차 수많은 친구들이 개미에게 처참하게 뜯기고 끌려감을 보고, 이 지상세계는 어린이조차 잡아가는 무서운 곳이구나 깨달았죠.

　지하세계에 끝까지 살고 싶었어요. 나무뿌리에서는 언제든 먹고 마실 수 있는 성성한 식량이 넉넉히 있기에, 우린 오래오래 여기서 애벌레로 살아가고 싶었어요.

　한 가지만 성가신 게 있다면, 바로 허물 벗기! 애벌레 몸이지만 매우 가끔씩 허물 벗기를 해줘야 해요. 매일매일 벗겨내도 금방 가면 같은 허물이 쌓이는 인간에 비하면 아무것도 아니죠.

　그런데 말이죠, 2년쯤 지나자 지상으로 하나둘씩 나무 따라 올라가더군요. 이유를 물어보니, 마지막 허물은 지상에서 벗어야 한대요. 나에게도 그런 날이 반드시 올 거라며 준비하라는 말만 남기고는 미련 없이 길을 떠나가요.

　지상 나무 따라 올라간 친구들은 나무 둥치에 앞발을 꽉 박아놓고는 한두 시간에 걸쳐 마침내 허물을 활짝 벗고 성충으로 변신하더군요. 너무나 멋졌어요! 하늘까지 닿을 듯 비상하는 날갯짓, 아마도 이 순간을 위해 태어난 건지도 몰라요.

　그런데, 그런데… 성충이 되는 순간 이미 죽어간다는 사실이 너무 가슴 아파요. 길어야 15일밖에 못 사는 시한부 인생이라니. 그러기에 수컷은 더욱 애절하게 우나 봐요. 그러기에 암컷은 마지막 순간까지 침묵하나 봐요.

　인간들은 소음이네 시끄럽네 불만이죠. 사실 인간들이 쏟아내는 소음은 골이 깊은 상처를 남기지만, 우리는 1초의 순간조차 사랑하기에도 부족한 시간이라 쉬지 않고 부르죠, 아픈 사랑의 노래를.

  사실 죽는 게 두려운 건 아닙니다. 좀 더 깊게 당신을 사랑할 수 없음이 두려울 뿐이죠. 당신의 아픔에 좀 더 눈물 쏟는 시간이 모자람이 서러울 뿐이죠. 나는 칠 년이든 십 년이든 좀 더 오래 깊이 흙 속에서 준비하렵니다. 누군가의 가슴 그늘을 쩡 뚫어줄, 찬란한 울음 한 줄기 쏟아 내려줄 그 날을 기다리며.

✦

이젠 어제의 너를 놓아주렴

13호 태풍 링링 북상. 비가 내린다. 바람도 조금씩 바빠진다.
풀벌레 소리가 바위에 깨질 듯 우렁차다.
어떤 소리는 생피를 철철 흘리고 있다.
어떤 소리는 과열로 폭발 직전이다.
사랑은 태풍의 눈인가.

다음 날.
팔월이 팔팔 끓는다. 공연 스케줄이 조금 더위 먹는 달,
밤 12시 되어서야 숲을 거닐어 본다.
일봉산 산책로를 세 바퀴 돌다가
어젯밤에 폭우 일격으로 쓰러진 듯한
나뭇잎 하나가 찢겨진 거미줄 한 손을 움켜잡은 채
대롱대롱 내게 묻는다.
어찌하면 좋겠냐고.
이젠 줄을 놓으렴.
위를 봐.
네가 살던 나뭇가지가, 네가 우주라고 생각했던 세상이,
얼마나 작으냐. 아래를 봐.
네가 발 디딜 세상은 얼마나 크냐.

아픔은 잠깐이야. 통증 없인 만날 수 없는 세상이야.
이젠 어제의 너를 놓아주렴.

아, 개구리 소리 풀벌레 소리. 나를 지운 뒤에야 가까이 만져지는구나.
내 몸을 채우는 싱그런 소리들. 부웅 트럭이 쌍라이트 눈알을 켜고
개구리 소리의 발을 밟는다. 잠시 부서지며 깔린다.
트럭을 멀리 던져버리고 다시 소리를 꿰맨다.
내 몸에서 개구리울음이 들린다.
저기, 다시 차 한 대가 오고 있다.
난 피하지 않는다.

우리가 훔친 것들이 만발한다

최문자 시인님이 전화주셨다. 요즘 시 발표 활발히 하는지 궁금하시다는.

"⋯⋯아직 신인이라⋯. 그 대신 책 많이 읽습니다."

최근 시집 『우리가 훔친 것들이 만발한다』를 통해,

젊은 사유와 성찰의 힘이 이것이다, 라는 걸 완벽히 증명해주신

영원한 스승님. 최문자 시인님. 감사드립니다.

오늘 문득,

선인장 같은 시인이 되겠다는 생각이 만발하게 되었습니다.

극한 상황에 완벽히 적응한 선인장은

가시자리가 가시가 자라는 자리이면서 꽃이 피는 자리라는데

기꺼이 가시를 받아들이고 사막을 꽃으로 만발케 하는

역
　동
　　적
　　　인

　　　　혁
　　　　　명
　　　　　　적
　　　　　　　인

선인장을

　　　잔뜩 훔치겠습니다.

황금길을 걸으며

11월이면 금싸라기 땅을 걸으며 마음마다 보석으로 채워진다. 노랗게 스며드는 가을의 향기에 발걸음이 나를 멈춰 세운다. 그리고는 떨어지는 은행잎에 시선을 바싹 붙이며 마치 내가 중력이라도 된 듯이 은행잎을 당기며 소중하게 받아든다. 수많은 햇살을 길어 올리느라 부르튼 손길을 만져 본다. 불현듯 내 손이 초라해 보인다. 내가 이 만큼의 황금빛 열정을 토해낸 한 해였는가. 내가 은행잎만 한 보석에 어울릴 만한 자격을 갖추었는가. 마음의 갈피갈피에 은행잎을 꽂을 때마다 설익은 어제들이 우르르 마중 나오곤 한다.

1100년째 은행잎을 뿌려주는 나무가 있다. 양평 용문사 은행나무이다. 예전보단 줄었지만 열매 또한 열 가마니 정도의 양을 맺는다. 천 년의 세월 앞에 서노라면 우린 겸허해질 수밖에 없다. 그런데 자꾸 궁금한 게 생겨난다. 천년이 넘도록 열매를 맺을 수 있는 비결이 무엇일까? 그보다도 은행나무가 중생대 시대로부터 지금까지 멸종하지 않고 단일 종으로 살아남음으로써 '살아있는 화석'이라는 타이틀을 보유하고 있는 특별한 비결이 있진 않을까?

다른 나무들과는 달리, 일찍이 살아남기 위해 스스로 독성을 가진 존재로 진화했기 때문일 것이다. 독하게 살아남기 위해 몸에도 잎에도 열매에도 독 성분을 품고 있다. 그래서 병충해가 없고 잎새에 벌레 자국이 거의 없다. 열매조차 심한 악취로 씨앗을 보호하고 있으니 누군가에게 먹히는 일도 없다. 그 은행씨는 효능이 좋으므로 사람들에게 사랑을 받을 수밖에 없도록 만드는 필살기를 갖고 있다. 천식에도 좋고 혈액 순환과 항암작용, 노화 방지와 전신 피로 및 신경쇠약 개선에 좋으므로 그것을 꽁꽁 둘러싼 고

약한 악취를 기꺼이 참아낸다.

　나는 독성이 없는 삶을 많이 살았던 것 같다. 독하지 못하고 물렁한 자세로 어정쩡하게 있다가 뒷골목으로 내쳐질 때가 많았다.

　분유와 일회용 기저귀값이 한창 들어갈 시기였는데도 내가 회사를 그만둔 적이 있었다. 이번엔 반드시 승진이 될 줄 알았는데 또다시 낙엽처럼 떨어졌던 것이다. 그래서 홀로 조용히 울분을 달래다가 아무도 모르게 단 세 줄의 문장이 담겨진 사표를 제출했다. 하지만 새 직장이 쉽사리 잡히지 않자 점점 '왜 좀 더 독하게 제자리를 버티지 못했을까?' 하는 자괴감이 커져갔다. 심지어 나 자신은 정말 아무것도 아닌 존재구나 하는 무력감에 불안하기도 했다.

　다시 입사를 했다. 그러나 이번에는 독하지 못해서 팀원들에게 실적을 강하게 독촉하지 못했다. 팀원들의 개인 사정에 너무 귀를 기울이다 보니 본부에서 내려오는 목표량을 채우기가 어려웠다. 팀원들에게 끝까지 가족적이고 인격적인 관계가 되고 싶었는데 본부에서는 호락호락 기다려주지 않았던 것이다. 나 자신에겐 혹독하게 몰아붙일 수 있어도 타인에게는 그리 못하는 게 나의 한계였다. 또다시 사표를 던졌다.

　독해져야 살아남을 것 같았다. 그러나 내 속에 그 독성을 품되, 타인들에겐 황금 같은 은행잎 미소를 가득 밝혀주는 일을 하고 싶었다. 학창 시절부터 줄곧 나의 관심사와 직업은 대부분 어린이와 깊은 관련이 있었다. 그래서 마지막 직업으로 생각하고 시작한 것이 어린이를 위한 공연가였다. 초기에는 공연을 펼칠 무대가 전혀 없었기에 금세라도 비가 올 듯한 날씨처럼 초조하긴 했다. 그러나 독하게 개척해나갔고 공연을 할 때마다 진정성과 진심을 다해 지치지 않는 에너지를 쏟아부었다. 그러자 점점 입소문을 타고 스케줄이 새털구름처럼 몰려들기 시작했다.

　용문사 은행나무 옆에는 재래식 해우소가 있다. 유명 관광지라 수많은 사람들이 이용할 텐데 편리한 수세식으로 개조하지 않는 이유가 있다고 한다. 해우소와 은행나무의

뿌리가 가까이 있기 때문이라는 것이다. 나무뿌리가 해우소의 분비물을 자연적으로 섭취하게 하려는 의도이다. 수많은 사람들이 배설하고 가는 분비물엔 다채로운 영양분이 많겠지만 어쩌면 악취나는 영혼의 분비물까지도 은행나무는 한마디의 불평도 없이 넉넉히 소화해내고 있을 것이다.

천 년의 세월이 흐른 지금에도 사람에게 받은 것을 열매로 보답하는 은행나무를 본다. 눈발처럼 우수수 떨어지는 낙엽으로 나는 노랗게 함뿍 젖어본다. 오래 젖어갈수록 가벼워진다. 어머니가 내 머리를 쓰다듬는 듯한 황금빛 사랑에 깊이 물든다.

은행나무는 도심의 가로수로 인기가 많아 어디든지 쉽게 만날 수 있다. 그런데 가을만 되면 은행 열매의 악취를 싫어하다 못해 항의까지 하는 사람들이 점점 많아지고 있다고 한다. 심지어 암나무를 다 없애고 수나무만 있게 하자는 의견까지 주장하고 있다니, 참으로 그들이야말로 독하다는 생각이 설핏 든다. 냉장고 속에는 은행씨를 먹으려고 소중히 보관하면서도 그 본질인 열매를 싫어하다니, 단지 악취가 난다는 이유만으로 말이다. 잠깐 스쳐지나갈 때만 풍기는 냄새 아닌가. 하루 종일 냄새가 나는 곳에 있어야 하는 경우라면 그냥 치우면 될 일 아닌가. 조금만 넉넉하게 기다리면 날씨가 금세 쌀쌀해지면서 그 악취도 가라앉는다. 어쩌면 은행의 악취 때문에 주변에 벌레들이 들끓지 않는 것이 다행일지도 모른다. 그리고 할머니들의 소일거리로 은행 열매를 줍는 풍경은 얼마나 정겹고 아름다운가.

사실 보이지 않는 악취가 더 역겨울 수가 있다. 그로 인해 일상생활에서 수많은 사람들이 불면의 밤을 보내기도 한다. 악취는 어디에나 있다. 냄새보다 더 냄새나는 상황 속에서 우리에겐 갈등과 선택의 귀로에서 취한 듯 혼란스러울 때가 온다. 악취 속에서도 부끄럽지 않은 열매를 맺어야 생이 아름다웠노라고 당당할 수 있지 않을까. 진흙탕 속에 뿌리를 내리고도 순결한 열매를 맺는 연꽃처럼 말이다. 그러기 위해서는 은행나무 같은 독성의 지혜에 맘을 기울여야겠다. 독하지 못해서 금방 열매가 털리거나 벌레가 바글바글 먹는 열매여서는 안 될 것이다.

　황금 카페트를 깔아주는 은행나무 가로수길을 따라 천천히 걸어본다. 한잎 한잎 제자리에서 전력을 다해 살아온 작은 영혼들의 황홀한 발자취를 따라 또 다른 내가 걷고 있는 것을 본다. 수억 년을 이어오는 그 지극한 숨결을 가만가만 맡아본다. 불현듯 은행열매 하나가 내 생을 종처럼 내려친다. 내 가슴에는 가로수길을 지나 한 계절을 에둘러 오기까지 오래오래 향기로운 종소리가 울리고 있다.

무한한 낙엽

너무 아름다운 날씨라 슬프다. 언제 떨어질지 모를 낙엽이었다.

자신을 꽉 쥐고 있던 휠체어의 시간.

오늘 새벽, 사람들이 잠에서 깨듯 외숙모는 삶의 바깥으로 깨어나셨다.

이렇게 화창한 날씨의 얼굴로 풀려나셨다.

벤치에 두 발 뻗고 누운 붉은 낙엽,

그 위에는 떠나보낸 자의 시선이 멈추지 않는다.

가장 숭고한, 자유의지. 잎새만 했던 자유들이 한잎한잎 펄떡이고 있다.

"두렵지 않니?" 생의 끝에 서 있는 낙엽에게 조심스럽게 속삭였습니다.

"아냐, 괜찮아. 난 이미 언젠간 떠나야 한다는 것과 언제 떠나야 할 지를, 단 한 순간도 잊은 적 없어. 그래서 이렇게 미리미리 온종일 모든 등불 밝히고 계속 떠날 준비 해왔어."

"그렇다면 무섭진 않니?"

"응, 예전엔 죽는다는 사실이 너무 무섭고 슬펐던 건 사실이야. 그러나 마침표가 있기에 더 애틋하게 더 살갑게 살아가야겠다고 생각했어. 그리고 단풍으로서 인생이 끝나도 낙엽으로서의 제2의 인생이 기다리고 있잖아. 그래서 난 두렵지 않아."

바람은 고개를 끄덕이면서도 타오르는 눈시울에 그만 발을 허디디고 말았습니다.

"아~~!" 하늘이 휘청거리더니 낙엽이 톡 떨어집니다.

바람은 그 낙엽을 꼭 품어주며 함께 빙글빙글 대지 위로 숨죽여 내려 앉습니다.
"잘 가~." 바람은 울컥 낙엽을 덮어주며 즉흥시를 읊습니다.

낙엽, 그댄 내게 감동이었다.
단 한 순간조차 비바람 생채기 두려워 않고 햇살처럼 음악처럼
온몸으로 온맘으로 품어주며 불러주는 사랑과 평화의 노래
가지 벼랑 끝에 선 그대 차오르는 옛 추억 글썽여본다. 좀 더 사랑하며 살았을걸.
좀 더 지혜롭게 살 걸. 감동이 향기로우면 추억이 된다. 추억이 향기로우면 불꽃이 된다. 빙그르르 허공 맴돌다 내 가슴으로 들어온 그대, 내게 영원한 감동으로 결코 꺼지지 않는 불꽃 되리라.

어제를 다 날려버렸더니 이제야 수북해진다.
무궁한 결핍으로, 무한한 고독으로, 한없는 그대 생각으로,
이 바깥들이 내일의 나를 우연히 마주치게 하고 있다.

오늘 밤은 모든 눈물 모든 상처를 가족과 함께 말끔히 헹궈내고
다시 새로운 스케줄로 펄펄 끓는 다이어리를 가방 속에 가득 담은 채
새아침에 햇살처럼 등장하는 내일을 기대하며,
내 꿈이 담긴 가방을 첫사랑마냥 포근히 응시한다.

– 「가방」 중에서

5부
완벽하지 않은 것들에
대한 사랑

벽으로 가는 문

그날은 밤새 눈이 잠깐 다녀간 계절이었다. 나는 오늘도 아침의 문을 열고 바깥으로 나가 얼어붙은 날씨 속으로 운전하고 있었다.

오픈한 지 얼마 안 된 평택의 어느 유치원에 차를 세웠다.

아담한 마당에는 거대한 사과들이 탐스럽게 매달려 있는 조각 나무가 눈길을 끌었다. 겨울에도 저토록 시들지 않는 성숙미를 발휘하고 있다는 사실이 내심 부러웠다. 내 인생에서 만난 겨울은 부서지며 미끄러지고 웅크린 시간들이 많았던 것이다.

그런데 본래 나무들은 겨울로 가는 문 앞에서는 버림의 미학을 발휘하지 않는가. 가장 아름다운 모습으로 제 잎새들을 떼내어 모든 대지 위로 아낌없이 날려 보낸다. 그리고 겨울의 문을 열고 의연하게 맨살로 폭설과 한파를 떠받친다. 비움의 계절일수록 오직 사람만이 옷을 더 많이 껴입는 건 아닌가.

나는 잠시 동안 나무처럼 우두커니가 되어 생각을 여닫고 있었다. 이 사과나무의 존재감을 어떻게 받아들여야 할까. 매운 날씨 탓인지, 잔뜩 웅크리고 있던 나의 생각들은 눈처럼 찬란하게 녹아내리지 못하고 있었다. 그래, 너의 그 불굴의 정신이라도 담아가야지 하면서 카메라의 문을 열고 찰칵.

이제 유치원의 문을 열고 들어가야지 하며 손잡이에 손을 대려는 순간, 바로 그 순간에 나를 멈추고 말았다. 손잡이를 움켜쥐려던 내 오른손이 움찔 뒤로 물러섰다. 주먹만한 다이아몬드가 나를 물끄러미 지켜보고 있는 게 아닌가. 문의 손잡이 부분에 바싹 붙은 채.

그랬다. 다이아몬드 모형으로 만든 손잡이였다. 그동안 수많은 문들의 손잡이를 쥐어

보았지만 다이아몬드는 처음이었다. 그것도 주먹만 한 크기에 정교하게 조각되어 있어 다양한 각도로 빛을 머금으며 매혹적인 시선을 발산하고 있었다. 그 손잡이에 비춰지는 내 얼굴은 낙엽처럼 산산조각으로 흩어지는 중이라 도무지 형체를 알아볼 수 없었다.

그때였다. 갑작스럽게 나의 정체성이 궁금해지게 된 것이었다. 내 속에 벽처럼 잠겨 있던 문짝 하나가 벌컥 열리고, 그 문을 열자마자 무언가 왜소함과 부끄러움이 폭설처럼 내렸던 것이다. 나를 감추고 있던 잎새들을 다 써버리고 앙상하게 남겨진 사과나무 가지 같은 내가 또렷이 보이기 시작했던 것이다.

나는 저 다이아몬드 빛 생활을 움켜쥐기 위해 얼마나 많은 문을 열려고 바깥에 서 있었던가. 그런데 다이아몬드 빛 이상과 달리 바깥은 언제나 대기 불안정한 날씨의 일상이었다. 봄볕처럼 따스하다가도 금세 꽃샘추위가 불어왔다. 때가 되면 장마 전선과 혹한이 찾아와서 발목을 걸어 잠근다. 가을의 아름다움과 넉넉함이 언제 닫힐지 몰라 오히려 불안해진다.

그럼에도 불구하고 오늘 이 하루도 세상의 문 앞에 다시 설 수밖에 없다. 나는 이러한 쳇바퀴 같은 패턴에 길들여져 있는 것이 분명하다. 다이아몬드 손잡이가 도화선이 되어 집으로 돌아오자마자 시를 쓰게 되었다.

들짐승처럼 길들여진다

하루의 절반은 너를 잡기 위해 나를 돌린다 돌리는 중이다 돌리다가 도로 잡힌다 이미 사로잡혀 있으면서 이미 잡고 있는 중이다 잡으면 잡을수록 더 사나워진다 덥석 손목이 물린다 철철 피가 뿜어나도 그대로 둔다 야생 의 이빨에게 다시 나를 미끼로 던져 둔다

하루의 절반은 바깥에 서 있다

너의 안으로 갇히기 위해

　너는 더 이상 바깥이 아니다 죽지도 않고 멈추지도 않는 야생이다 서슬푸
른 칼날이며 문을 여는 손잡이다
　문을 열면 열려야 할 바깥이 끊임없이 다시 쏟아져나오고
　나는 언제나 바깥에 있는 중이다

　　　　　　　　　　　-김영곤 시집『둥근 바깥』중 작품「바깥에서」

　내게 질문해 본다. 문은 열리기 위해 존재할까, 닫히기 위해 존재할. 누구에게는 열리고 누구에게는 열리지 않는 문은 움직이는 절벽이라 하겠다. 심지어 문을 열고 나갔지만, 오히려 바깥이 더 막혀 있는 기이한 현상을 우리 눈으로 목격하게 된다.

　그렇지만 다시 벽을 네모로 부수어낸 자리에 경첩 달린 문을 만들고 다이아몬드 빛 손잡이를 매달아보는 일을 매일매일 해보는 삶도 나쁘지만은 않다. 가끔씩 누군가의 문을 고쳐주는 일도 괜찮겠다. 문을 못 찾아 더듬거리는 사람에게 한 줄기 별빛을 던지우는 것도 꽤 쓸 만 한일이겠다.

　어쩌면 나는 사과나무 모형물처럼 아무런 일도 일어나지 않는 날들이 더 외로울 수도 있겠다.

✦

별빛과 어둠의 아찔한 동거

마찰은 왜 발생할 수밖에 없을까.

세상 만물은 *"자신의 존재 속에 계속 머물고자 한다."* (스피노자)

자신의 고유한 활동 공간을 목숨처럼 보존하려는

충동에의 의지. 영역 침입, 혹은 불쾌함을 피하려는 욕구,

이것이 마찰, 저항을 불러일으키는 것 아닐까.

"조화란 다양성 속의 통일성이다." (라이프니츠)

조화는 무한한 다양성과 대립성이 화음을 이루는 것.

그렇다면 지금 우리는

충분히 모순적이면서 충분히 조화로운 세상에 살고 있는 것이 된다.

반대 시위를 하든 옹호하든

어둠 없이는 별빛이 인식되지 않는다.

어쩌면 조화로운 세계의 색깔은 흑백일 것 같다는 생각.

별빛과 어둠의 절묘한, 아찔한 동거.

✦

아직도 그 남자와 만나고 있다고?

대학로 마로니에공원 앞을 걷고 있던 중, 20대 초반 아가씨 둘이 지나가며 들리는 말.

"정말? 아직도 그 남자와 만나고 있다고?"

정말 이해가 안 된다는 목소리.

하긴 우리 집 대학생 하나도 3개월 만에 끝낸 이성이 둘.

그중 한 명에게는 내 시집 사인까지 해줬었다. "우와 신기하다."라는 감탄사를 들으며.

다소 뜬금없는 이야기 같지만

혁신은 앞으로의 일을 '새롭게 시작'하는 일이 최우선이 아니다.

혁신은 오히려 지금까지의 방식을 잊는 것, 종지부를 찍는 것.

심리학자 쿠르트 레빈에 따르면

혁신은 새로운 시도가 아닌 과거와의 작별에서 시작되는 것이다.

과거를 마침표 찍는다는 것, 얼마나 간단한 이치인가.

하지만 복잡한 관계의 사슬에서 맺고 끊는 일들이 그 얼마나 독하게 어려운가.

신세대가 부럽다.

열혈 사랑을 하다가도 저리도 단칼에 가볍게 잘라낼 수 있는 결단과 독성.

그리고 금세 털고 새것?과 새로 시작할 수 있는 유연한 탄성.

그들은 기성세대가 결코 쉽게 못 해내는 안면몰수를 프로처럼 해낸다.

혁신. 어쩌면 '미래는 여전히 밝을 수도 있겠다.'라고 중얼거려 본다.

"미래를 예측하는 최선의 방법은 미래를 창조해내는 것." (앨런 케이)

미래는 창조하는 것, 만들어내는 자의 것이기에

오늘도 장마가 예고된 나를 아직도 만나고 있다.

✦

가방

늦게나마 문학을 배우고자 천안에서 서울로 금요일마다 전철을 탄다. 그럴 때면 언제나 내 가방 속에는 책 몇 권이 무임승차한다. 그 책들은 번갈아 가며 2시간 내내 수다를 떠는데, 가끔씩 깜짝 놀랄 대목에선 커다란 별 표시를 한다. 때론 스마트폰 카메라로 촬영한 후 비밀창고에 소중하게 저장해두었다가 듣고 싶어지는 날에 다시 꺼내 보기도 한다.

오늘은 다행히도 조금 일찍 도착한 탓에 종로5가 전철역 입구 편의점에 들렀다. 가방 속에서 당당하게 걸어 나온 카드로 컵라면값을 지불하고 펄펄 끓는 물을 채운다. 숙성된 향기가 통실통실 차오르기를 기다리며 모처럼 저녁 6시의 바깥 풍경을 응시한다.

그때였다. 바로 눈앞에, 가판대에서 가방 파시던 중년 아저씨의 굳은 표정이 포착되었다.

그는 진열되었던 가방 하나를 힘겹게 큰 쇼핑백에 담는다. 또 다른 가방 하나를 들고는 주위를 잠깐 휘둘러보다가 역시 위태로운 자세로 쇼핑백에 담는다. 도대체 얼마나 무겁길래!

마임 공연가 삐에로는 풍선을 크게 불고 나서 일부러 바닥에 떨어뜨리곤 한다. 그래서 그 풍선을 다시 들어올리는 순간, 삐에로는 말할 수 없는 중량감에 못 이겨 풍선을 떨어뜨린다. 또다시 들었다가 내려놓고 하는 일련의 퍼포먼스에 관객들은 저마다 폭소를 터트린다.

하지만 중년 아저씨의 풀 죽은 가방은 정말 무거웠던 것이다. 온종일 쏟아부은 시계 소리만 웅성거릴 뿐 하루 종일 허기졌던 가방들이, 유료관객 하나 없이 막을 내리고 비참하게 철수해야 했다. 혹시나 하며 한 번 더 두리번거리는 그 얼굴엔 간절함이 이글거린다.

아침에 나올 때만 해도 이 가방이 쌀이요 분유값이었으며 이 가방이 살길이요 희망이었을 텐데. 점심값도 못 건진 죄책감과 초라함에 천근만근 무거워진 가방, 그 가방 속엔 무너져내린 하늘만 출렁거린다. 맞은편, 생활비에 광내느라 분주한 구둣가게 아저씨를 힐긋 처다본 후, 오늘은 작별 인사조차 도로 가방에 넣어버린 채, 침묵하며 쓸쓸히 등을 돌렸다. 사내들은 견딜 수 없이 힘겨울 땐, 빈 가방 속으로 들어가 홀로 침묵하곤 한다. 그가 지나가는 길목마다 고기 굽는 냄새가 그의 빈 가방을 집요하게 따라다닌다.

처연한 뒷모습을 바라보던 나는, 벼랑 끝에서 기울어진 채 폭풍 견뎌왔었던, 과거의 내 삶이 떠올랐다. 안정된 직장을 그만두고 1년 정도 도서대여 지점을 맡아 배달을 하던 적이 있었다.

비가 오던 어느 날 밤, 오토바이로 집집마다 늦게까지 배달을 하던 나는, 내리막길에 미끄러져 빗물 바닥에 내동댕이쳐졌다. 아스팔트는 인정사정없이 내 몸을 한 바퀴 돌려대며 할퀴었다. 잘못된 판단으로 선택했던 그 일은 실제 수입으로는 세 자녀를 양육하기 힘들었었던 상황이었다. 그러기에 맨바닥에 던져진 나는, 핏물 돋아나는 상처 때문이 아니라, 좌절감과 미래에 대한 두려움이 천둥같이 쏟아내려 더욱 암담하고 고통스러웠다. 거의 실신 직전의 오토바이를 다시 일으켜 세우려는데, 아마 이 오토바이만큼 무거웠던 오토바이는 더 이상 없으리라. 철퍼덕 나뒹굴었던 자존감을 힘겹게 일으켜 세우는 동안, 나는 어느새 하늘을 떠받치고 살아가야 하는 아틀라스였다.

1997년 IMF, 외환위기로 대한민국 국가가 부도가 날 뻔했었던 그때를 기점으로 지금까지 우리는, 경제적 위기에서 자유롭지 못한 현실에 살고 있다. 이때부터 적극적으로 주연으로 등장한 명예퇴직, 희망퇴직, 구조조정, 개인회생, 파산, 노숙자, 청년실업 등등의 낯선 낱말에 길들여져가고 있다. 난공불락 같았던 대기업도 한순간에 무너지고 각

밤이 별빛에 마음을 쐬다

종 사업장 폐업이 속출하면서 빈인빅 부익부 현상이 극명하게 드러나고 있다. 이렇게 회오리치는 시대적 흐름에서 블랙홀에 빠지는 사람들이 거리마다 넘쳐나고 때론 텅 빈 가방 속으로 깊숙이 은둔하거나 심지어 서둘러 가방을 정리하고 소풍을 끝내는 이도 늘어나고 있다.

소설가로서 실패했던 조지 버나드 쇼(1856~1950)는 태산같이 무거운 원고 뭉치가 든 가방을 속히 정리하고 싶었겠지만, 극작가로 발빠른 변신을 하여, 생의 철학을 기초로 하는 글로써 노벨문학상을 수상, 세계적인 극작가로 인생 역전에 성공했다. 힘겨웠던 순간을 딛고 일어선 그였기에 그의 삶은 늘 웃음과 위트가 뒤따랐는데 심지어 그의 묘비명조차 우리들에게 감동을 준다.

우물쭈물하다 내 이럴 줄 알았다
I knew if I stayed around long enough, something like this would happen.

노벨문학상을 수상한 소설가 프랑수아 모리아크(1885~1970)의 묘비명도 큰 깨우침으로 다가온다.

인생은 의미 있는 것이다. 행선지가 있으며, 가치가 있다. 단 하나의 괴로움도 헛되지 않으며, 한 방울의 눈물, 한 방울의 피도 그냥 버려지는 것이 아니다.

세상은 고통으로 가득하지만 한편 그것을 이겨내는 일로도 가득 차 있다는 헬렌 켈러의 목소리를, 그 중년 아저씨의 가방 속에 채워드리고 싶었다. 상 파울이 말하기를 "인생은 한 권의 책과 같다. 어리석은 이는 그것을 마구 넘겨 버리지만, 현명한 이는 열심히 읽는다. 인생은 단 한 번만 읽을 수 있다는 것을 알기 때문이다."라고 했다. 단 한 번만 읽을 수 있는 인생, 하지만 수천 번 읽혀져도 변함없는 감동을 주는 묘비명이 되기까지 오늘의 괴로움이 내일을 위한 마중물이 될 것임을 바위에 새겨야 한다.

오늘 밤은 모든 눈물 모든 상처를 가족과 함께 말끔히 헹궈내고 다시 새로운 스케줄로 펄펄 끓는 다이어리를 가방 속에 가득 담은 채, 새 아침에 햇살처럼 등장하는 내일을 기대하며 내 꿈이 담긴 가방을 첫사랑마냥 포근히 응시한다.

◆

달구벌로 가는 길

　대구大邱로 갈 때마다 이상하게도 대구大口를 떠올렸다. 나의 유년 시절은 좀 더 자연에 가까워서 그랬을까? 방학이면 알 수 없는 바람에 홀린 듯 기차를 탔다.

　부산에서 동대구역으로 가는 동안, 대구라는 바닷속으로 대구처럼 헤엄쳐가는 기분이 너무 감미로웠다. 고모와 삼촌에게 지느러미로 인사 나누며 입술이 부르트도록 유영하다가 집으로 돌아오곤 했다.

　강물이 흐르고 나도 흘렀다. 서울에 살 때는 못 자국 많은 전셋집의 감정으로 오랫동안 내 옛 모습을 잊고 살았다. 그러나 일봉산과 바싹 붙어 있는 천안에 정착한 후로부터, 나는 다시 시작되었다. 내가 산을 뚜벅뚜벅 걷노라면 산도 사뿐사뿐 함께 걸었다. 가지를 가득 움켜쥔 바람은 내게 푸른 잎새들을 흔들어주며 지나갔다. 저절로 시가 악수를 청해왔고 수필이 나를 다시 정독해주기 시작했다. 새들은 하늘을 칠판 삼아 다채로운 필체로 내가 잊어버렸던 추억들을 써주었다.

　도겐 선사의 에세이 '산수경'의 첫 구절 중에 "산과 강은 이 순간에도 살아 있다. 만물의 형상이 일어나기 전부터 자아였기 때문에 자유자재하며 실현되어 있다."라는 구절이 조금씩 이해되고 있었다.

　그러던 어느 날, 수필의 날 행사가 대구에서 개최된다는 연락을 받았다. 천안에서 대구로 차를 몰고 가는 동안, 참으로 오랜만에 대구의 기분으로 지느러미를 세우고 속도를 올렸다.

　창문을 열자 기다렸다는 듯 바람이 왈칵 내게 불어왔다. 구석기인들이 비바람을 피하며 살았다는 바위그늘 사이로 백마를 타고 바람을 가르며 적군을 무찌르던 붉은 옷이

펄럭거리는 것 같았다. 또한 청라 언덕 위에 울려 퍼지는 봄의 교향악이 귓가에 쟁쟁하고, 빼앗긴 들에도 봄은 오는가를 묻고 있는 시인의 핏발 선 외침이 내게 철썩철썩 밀물 쳐왔다. 얼마 전부터 고장 나 있던 오디오에서 "점점 더 멀어져 간다. 머물러 있는 청춘인 줄 알았는데"를 읊조리는 기타 선율이 내 가슴에 바짝 파고드는 것 같았다. 오늘따라 팔공산에 살던 바람이 나를 불러내어 함께 금호강처럼 흐르고 있는 기분이었다.

문득 1907년에 전개된 국채보상운동이 생각났다. 전 국민에게 한마음의 바람을 일으켰던 귀한 주권 회복의 운동이었다. 그러나 내 시선을 끌었던 것은 국채보상공원 내에 쌍가락지 모양의 여성기념비였다. 넉넉지 못한 여성들이 분신 같았을 쌍가락지를 선뜻 국채보상금으로 내놓았던 사실을 잊지 않고 '여성기념비'로 명명하여 세웠다는 것이 왠지 뭉클함으로 다가왔다.

불현듯 사과 같은 말씨를 쓰던 대구 아가씨가 잠시 기억 속에 피어올랐다. 그녀가 웃을 때마다 사과가 빨개지는 것 같았다. 그녀도 어떤 위기가 닥치면 기꺼이 사과를 툭툭 떼어줄 것이 틀림없다. 역사적으로 보나 근원적으로 보나 대구의 여성은 그 마음가짐이 사과의 속성을 이어받았기 때문이리라. 그 빨갛고 탐스런 사과의 열정과 향기는 지금도 그 무의식 속에 쌍가락지처럼 야생하고 있다.

대구로 가는 길인데 이미 내 마음은 대구였다. "물의 길法은 하늘로 솟아오르면 물방울이 되고 땅에 떨어지면 강이 되는 그런 것이다."고 웬지는 말했다. 물은 제 모습만을 고집하지 않는다. 장소마다 상황마다 변화한다. 나도 물에 가까워진 듯 마음이 평온해지기 시작했다.

예로부터 대구의 지형은 험준한 산지가 둘러싸고 있는 분지라서 외부로부터 고립된 이미지가 강했다. 산을 넘어야 대구로 왕래할 수 있었던 것이다. 그래서 자연스럽게 수많은 고개가 생겼는데 이 고갯길 덕분에 다른 외부 지역과의 교류에 물꼬가 트였다. 아마 이 고갯길은 사람들의 발자국들이 모이고 쌓여서 길이 된 것이리라. 외부와의 소통을 위한 끊임없는 발걸음들이 산에게 등 한쪽을 허락하도록 감동시켰으리라. 대구 주민들의 피땀 어린 발자국이 산에 올라 고갯길이 되고 땅으로 나아가 삶의 불씨가 되었던 것이다. 이제 나도 그 고모령 고갯길을 휘파람 불며 넘고 있다.

거의 도착할 무렵 팔공산 갓바위가 자연스럽게 내 생각에 깊숙이 내려앉았다. 불상 머리에 쓴 대학 학사모와 비슷한 갓은 입시 철이면 전국적으로 몰려든 어머니들을 고개 숙이게 한다. 소원을 들어준다고 알려진 갓바위의 얼굴은 사뭇 근엄해 보인다. 삶의 문제에 있어서는 서로 진지해야 한다는 의미일까. 아니면 너무 일회용 커피 같은 소원들이 많아 실망해서일까. 나를 돌아보면 허점투성이의 삶이었고 가파른 비탈길에 몰려서야 생각나는 소원과 기도 응답이 간절했었다.

행사장 입구로 들어설 즈음에 어디선가 "오늘 내게 소원 하나 말해 보라."는 음성이 들리는 듯했다. 나는 이미 소원을 이룬 듯이 시동을 끄고 주차를 했다. 수필의 이름으로 한 몸 이룬 수많은 문인들은 아름다운 대구 그 자체였다. 각자의 고유한 색깔 하나하나가 모자이크처럼 모여 대구의 형상으로, 더 나아가 자연의 일부로 얼비쳤다.

돌아오는 길에 금호강을 지날 무렵 하늘에 떠 있는 달을 보노라니, 소동파가 "그대는 저 물과 달을 아는가?"라고 질문하는 듯했다. 이젠 덜 당황스러웠다. 어렴풋하나마 그 해답을 알 듯했기 때문이다. 강물은 흐르지만 그대로 있고, 달은 점점 만월이 되거나 기울어지기를 반복하지만 역시 본체는 그대로 있지 않은가. 만물은 수시로 변하지만, 그 이치는 변하지 않는다. 계절은 변해도 그 운행의 질서는 변하지 않는다. 그러므로 불변의 관점에서 바라본다면 천지 만물은 오직 하나의 근원이므로 죽음이 따로 없다. 즉, 만물과 내가 영원한 것이라는 뜻이다.

'우리가 죽으면 강을 건너 어떤 낯선 곳으로 가는 게 아니라, 우리가 강이 되는 것이다.'는 글을 읽은 적이 있다. 다시 창문을 열고 강바람이 부는 대로 마음을 맡겼다. 달빛이 내 이마에 손을 얹고 오래 머물러 있었다.

✦

나는 기다린다, 그들이 말을 걸 때까지

글 쓰기 좋은 날이다.

생일 때 딸에게서 선물 받았던 어린왕자 노트를 배경에 놓는다.

사라진, 버려진, 남겨진 것들을 주연으로 발탁한다.

나는 기다린다, 그들이 말을 걸 때까지.

"It is time you have wasted for your rose that makes your rose so important."

너의 장미를 그토록 중요한 존재로 만드는 건

네가 너의 장미를 위해 소비해왔던 시간이야.

밤이 별빛에 마음을 � 찐다

✦

너무 많이 사용했습니다

41만 킬로 달려온 40대 나이 같은 자동차 치료비 44만 원.

이틀 내내 온몸이 덜덜거렸다.

발끝에서 차오르는 떨림, 아무도 없는 뒷좌석엔 호흡이 마디마디 끊길 듯한 마른기침이 그치지 않았다. 더 위독해질까 봐 심장이 멈춰 버릴까 봐 카센터에 입원.

쇠붙이를 손에 든 의사가 이리저리 두드려보다가 메스~. 가슴팍을 쩍 열어보더니 금세 원인을 분석해냈다.

점화플러그가 거의 닳아버렸군요. 교체해야 합니다. 너무 많이 사용했습니다.

그대로 두면 그저 고여 있는 연료와 공기에 불과한 것들에 불꽃을 점화시켜 생기 같은 에너지를 불러일으키는 점화플러그. 그 에너지를 각성시킬 점화플러그가 닳아버린 줄 모르고 나를 다 써버린 날이면 격하게 흔들리고 격하게 제 몸을 두들긴다.

4개를 모두 교체해야 안전합니다. 한 개만 바꾸면 얼마 안 있어 다시 입원하게 될 겁니다. 그리고 점화코일도 함께 다 바꾸어야 합니다. 죽어가는 에너지를 다시 일으키려면 내 속의 점화플러그를 교체해야 한다. 그것은 얇고 넓은 강철판 너머에 위치해 있다.

이처럼 생의 불꽃을 점화시키는 결정적인 부위는 언제나 먼 길을 돌아온 가까운 곳에 있다. 그는 숨이 넘어갈 지경이 아니라면 좀처럼 속내를 드러내지 않는다. 가파른 길을 힘겹게 오르는 일도 나이 먹어서 그러려니 믿어버린다.

무사히 수술을 마치고 44만 원 카드 긁고 (라이닝, 드럼 1세트 포함) 퇴원하는 길.

엑셀을 살짝 밟는데도 왜 이리 몸이 가벼운지, 왜 이리 속력이 잘 붙는지! 넘치는 에너지.

오르막길을 너무 쉽게 오르면서 내가 새것이 된 기분으로 느릿거리는 앞차를 추월했다. 흘깃 눈총 한번 쏘아 주면서-.

✦

완벽하지 않은 것들에 대한 사랑

　책 한 권을 내 가슴에 심고 햇살과 바람, 그리고 물을 주었더니, 벚꽃 같은 생각들이 나의 빈 가지 위에 수북 피어난다.

　'우리의 삶은 완벽하지 않기에 끝없이 방황하는 것은 아닐까. 완벽에 가까워질 순 있으나 완벽은 없을 거야. 우린 자주 틀리게 생을 쓰며 고치면서 살고 있지. 완벽해지려는 여정 그 자체가 곧 우리의 생을 살찌우고 기름지게 하는 것이지. 그렇기에 완전해지려고 노력은 하되 완벽하지 않은 것들을 넓고 깊은 시선으로 바라봐야 하지 않을까. 부족한 것들은 우리를 목마르게 하는 빈칸 같은 것들이지만, 우린 그 여백을 존중해야 해. 함부로 숙이지 않던 고개를 정중하게 숙이며, 낮은 무릎으로 껴안아 주어야 해. 그 흙 묻은 맨발 같은 설움을 대야에 담고 따뜻한 눈물을 쏟아부어 씻겨주어야 해. 그리할 때 우린 완벽하지 않지만 온전한 사랑의 삶을 완성할 수 있을 거야.'

　『완벽하지 않은 것들에 대한 사랑』을 읽는 내내 클래식 음악을 듣는 느낌이었다. 그리고 중간중간마다 굵은 종소리가 나의 심장 밑바닥까지 어루만져주며 울다가 사라지곤 했다. 광활한 초원 같은 분위기의 책 속에는 자애, 관계, 공감, 용기, 가족, 치유, 본성, 수용 등의 여덟 인생길이 있었다.

　「자애」의 오솔길에 들어서자마자 동화 속 인물처럼 착하게만 살아야 한다고 믿는 한 사람을 만났다. 그는 거의 혼자 짐을 감당하고 있었다. 나무 한 그루가 수많은 잎의 무게를 꽉 쥐고 비바람을 견뎌내는 듯 했다. 그의 몸과 마음, 관계에는 나무처럼 흠집투성이었다. 뜯기거나 쪼그라진 채 아낌없이 나눠주고도, 열매가 맛없다느니 그늘이 좁다느니 하며 쉽게 비난에 노출되었다. 혜민은 이러한 '내 자신을 내가 먼저 아껴주어야 세상도 나를 귀하게 여기기 시작한다.'고 속삭인다. 분투하고 있는 내 삶에게 '난, 너를 무지무지 사랑한다.'라고 큰 소리로 외쳐주자고 한다. 나의 가장 큰 팬은 바로 나 자신이라고, 세상에 하나뿐인 명품이 바로 '나'라고 한다. 그렇다. '나' 자신은 가장 가까우면서도 멀리 있는 존재이다. 나는 아직 내가 되어가고 있다. 더 사랑해야겠다.

「관계」의 강변길을 따라 걷다 보니, 배 한 척이 보였다. 배에 타 있는 연인들의 이름표를 보니, 미움과 질투, 그리움과 아쉬움, 증오와 비참함이다. 힘들게 연결된 인연이었을 텐데 서로에게 향기로운 감정의 관계만을 지속할 순 없다. 다른 관점, 다른 습관, 다른 환경이 서로 만나는 일 아닌가. 서로 다름을 인정하고 허락하지 않는다면 관계는 불편해지고 그것이 쌓이고 쌓여서 마침내 폭발 직전의 화산이 될 것이다. 내게도 이미 많은 용암이 터져왔다. 사회생활을 하면 할수록 사람들과의 관계 형성이 얼마나 중요한지를 체감하게 된다. 작은 취미 공유에서 크게는 삶의 유턴을 좌지우지할 수도 있다. 학력이나 집안, 외모, 경제 상태 등의 외적 조건을 계산하는 버릇을 멈추라는 문장이 눈에 쏙 들어왔다. '나는 이만큼 해주었는데 왜 상대는 그만큼 해주지 않는가.' 하고 계산하면, 관계에서 자꾸 브레이크가 걸린다는 충고가 나를 잠시 부끄럽게 했다.

「공감」의 돌담길을 따라가다가, 따사로운 햇살이 무거운 돌을 포옹하고 그의 이야기를 오래 경청하는 모습을 보았다. 그저 돌의 감정을 묵묵히 공감하고 힘들어하는 심정을 있는 그대로 알아주고 버텨주기만 했을 뿐인데, 얼마 후 돌은 바람결에 스트레스를 풍화하고 있었다. 좋은 말을 자꾸 해주거나 서둘러 방법을 찾아주려는 것은 피하는 게 좋다는 지자의 지적이 공감되었다. 최근에 이혼한 대학원생이 있는데 "그냥 조용히 내 곁에 말 없이 있어 주는 친구가 너무 좋았다."고 말한 것이 떠올랐다. 혜민은 '섣불리 조언하려 하지 말고 상대의 이야기 연료가 다 떨어질 때까지 들어주라'고 거듭 강조한다. 그렇다. 비를 맞고 있는 이와 함께 고요히 비를 맞으며 돌담길을 하염없이 걷고 싶어졌다.

「용기」의 뒤안길에 들어서면, 세상의 속도를 잊고 숨 쉬는 항아리가 보였다. 항아리의 삶 속에는 용기를 잃게 하는 실패와 좌절도 중요한 재료로 포함되어 있었다. 항아리는 뼛속까지 스스로에게 감동시킬 만큼의 최선과 열정으로 모든 재료를 발효 시켜 생의 최고의 맛을 내었다. 사람은 누구나 풀처럼 흔들리는 순간이 찾아온다. 열등감에도 비난에도 흔들린다. 그러나 "그래서 어쩌라고?" 하면서 인정하고 받아들이고 나면 그 열등 요소를 치고 올라오는 용기가 나오게 되고 그럴 때에 그 한계를 극복하고자 하는, 나도 모르는 내면의 힘이 나온다고 다독인다. 나의 삶에도 용기가 필요한 순간들이 원 없이 많았다. 하지만 실패할까 봐, 거절이나 망신당할까 봐, 비난받을까 봐, 괜히 앞장 선다고 눈총받을까 봐 얼마나 불안했던가. 완벽치 못한 내 용기에 대해 힘찬 응원 소리를 듣는 독서의 시간이었다.

「가족」의 에움길에는 인생의 가장 소중한 사람들이 별처럼 빛나고 있었다. 어쩌면 우리가 살며 사랑하는 이유이기도 하다. 직장 상사에게 또는 고객들에게 입에 담지 못할 면박을 당해도 이를 악물고 견디는 것은 근본적으로는 가족을 위함이 아닌가. 자녀가 질풍노도의 절정에 있어도 끝까지 포기하지 않는 것도 결국은 내가 사랑하는 자식이기 때문이다. 혜민은 사랑을 표현하라고 권한다. "오랫동안 같이했으니까 표현 안 해도 그냥 다 알겠지 하면 그냥 다 모른다."라고 충고한다. 사실 부부관계에 있어서 대화 나누기와 사랑 표현에 여전히 서툴고 불완벽한 내 모습과 기질이 늘 미안함이 머물러 있다. 자녀에게 부모님에 대한 자긍심을 느끼도록 해주라는 말씀도 종소리처럼 내 가슴을 울렸다. 더 늦기 전에 사랑한다고 한 번 더 말해야겠다.

「치유」의 사릿길을 꾸불꾸불 끊임없이 걷다 보면 생각이 구름처럼 가벼워질 때도 있었다. 생각이 내 마음을 하인처럼 부리고 사는 날이면, 우울한 생각이 불청객처럼 불쑥 찾아온다. 그러나 도리어 대수롭지 않게 여기면서 앞에 있는 사물을 보는 순간 연료가 바닥나고 생각의 진행이 멈춘다. 그리고 조금 전 마음의 고민이 그냥 '생각덩어리였구나.'하는 깨달음이 온다. 삶 속의 아픔과 상처를 치유하려면 현 상황을 온전히 받아들이며 용서하며 화해해야 한다고 권한다. 마음의 고요도 필요하고 울 수 있을 때까지 실컷 울라고 권한다. 얼마나 명쾌한 해법인가. 생각이 꾸불꾸불해지는 날이면 기다렸다는 듯이 공처럼 가볍게 튕겨보고 싶어졌다.

「본성」의 고갯길을 넘으며 생각과 감정이 자꾸 '내 것이다.' 하면서 집착하는 나를 진지하게 마주치게 되었다. 생각과 나를 동일시하지 말라고 한다. 올라온 생각은 잠시 일어난 구름이지 내 본래 성품이 아니란다. 몸 안의 느낌, 감정, 생각들이 일어나고 사라짐이 관찰되므로 내가 아니고 관찰되는 대상이란다. 진정한 나는 대상화되어 관찰되지 않는단다. 진정한 나는 기억의 강이 아니라 그 흐름을 강 밖에서 고요히 보는 자라고 한다. 거울 같은 내 마음 본성을 깨달으면 전 우주가 일시에 깨닫는단다. 내 마음 거울을 깊은 침묵으로 들여다보는 계기가 되었다. 거울을 부시도록 닦았다. 내 본성을 힘들게 하는 것들도 하늘이 공부하라고 주신 기회로 알고 고갯길을 힘차게 넘었다.

「수용」의 내리막길에서 망설이고 있는 사람이 아무래도 '나'인 듯했다. 슬럼프 내지는 추락의 감정이 있는 내리막길을 과연 껴안고 갈 수 있을까. 시야를 넓혀서 봤을 땐 지금, 이 순간이 내가 다시 올라가기 위한 필수 코스임을 수용해야 함을 깨닫게 되었다. 잘 던진 공 하나로는 슬럼프로부터 나를 벗어나게 하지 못하지만, 중심을 잃지 않는 한, 그 공 하나하나가 모여 결국은 변화를 일으킨다는 지적은 내게 울림을 주었다. 삶의 역경을 받아들이고 해결하기 위해 분투하는 과정에서 내 능력이 생기고 내공이 깊어진다는 것은 불변의 진리임에 틀림없다. 일어난 힘든 감정은 내 것이 아니므로 그냥 존중해주고 기다리다 보면 언젠간 떠난다고 한다. 나는 말을 건다. "시련아. 너도 힘들 때 내게 와서 쉬어도 괜찮아."

『완벽하지 않은 것들에 대한 사랑』의 드넓은 여덟 인생길을 빠짐없이 돌아보았다. 오랜 시간을 걸었지만, 발걸음은 더 가벼워졌다. 마음의 카메라로 담은 지혜로운 삶의 풍경이 고스란히 내 생각에 전시되어 있다. 완벽하지 않은 것들을 사랑으로 품는다는 것은 쉽고도 어려운 길이다. 현실 속에서 치열하게 사노라면 완벽하지 못한 우리이기에 또다시 자주 길을 잃을 것이다. 그래도 책을 덮자 내 생각의 나뭇가지마다 버찌 열매가 제법 맺었음을 느꼈다. 길 여행을 값지게 다녀온 나 자신에게 향기로운 커피 한 잔 사야겠다.

✦

타인 연습

단양의 어느 유치원 공연.
손님용 신발 사물함에, 사람1, 사람2, …, 사람11.
내 신발을 사람2에 넣었다. 여기에서는 나는 사람2다.
누군가에겐 가족으로, 누군가에겐 지인으로, 누군가에겐 스치는 사람들로
나는 많은 이름을 가진 한 사람이다.
오늘도 신발을 벗으며 묻는다.
그대에게 나는 누구인가.

박힌 시선이 쉽사리 빠지지 않는다.
어느 카센터의 전화 뒷번호 4972. 사구칠이,
사고치리 사고치리, 하필 이런 번호를!
4972. 4972. 아하, '사고처리'로 해석하라고~!
4972, 다시 되뇌어도 사고치리에 가까운데
'4972는 사고처리'라고 해석해야 진리요 정상이라는 무언의 획일성이 감지된다.
사고치리, 싸게처리, 로 다르게 해석하면 사회부적응자로 낙인 찍히는 건가.
바깥세상은 너무나 넓고도 가까워졌다. 무엇보다도 생각이 가파르게 짧아졌다.
삶. 그냥 해석해주는 대로 번역해주는 대로 받아쓰기만 해도 될 지경이다.
그러다가 가끔씩 돌발 사고 치면 불안을 사고처리, 에 완전 맡기고
누군가가 방금 올린 인터넷 기사를
싸게 처리, 된 마취된 감정으로 자유롭게 소비한다.

꺼지지 않는 난로의 시간
─『독립운동가 최재형』을 읽고

러시아 한인들이 시베리아의 '난로'라는 애칭을 기꺼이 불러주고 호명해주었다는 그의 이름, 최재형. 최 페치카.

러시아 한인들의 대부 같았던 삶을 펼쳤다는 그의 이름이, 내겐 너무 낯설었다. 그의 열정적인 생의 갈피를 하나하나 짚어보면서 이제서야 보석을 알아보게 된 송구함이 장작더미처럼 쌓인다.

그는 누군가에게 난로 같은 존재로 사는 것이 가장 가치 있는 삶이라는 철학을 평생 꼿꼿하게 견지해왔다. 그는 살을 파고드는 혹독한 시련에 처한 사람들에게 든든한 배경이 되어 희망의 불씨를 지펴주는 역할을 자신이 맡은 역할이라고 확신했다. 그래서 그는 자기의 의지를 질밟기와 꼬막밀기를 하여 녹슬지 않는 난로로 빚었을 것이다. 그리하여 자기 것을 아낌없이 불태워 그 온기를 끊임없이 주변에게 나누어 주었다는 그의 애칭 페치카에서는 지금도 난롯불 냄새가 나는 듯하다.

그는 노비의 아들이라는 신분을 초월하여, 35세라는 젊은 나이로 러시아 한인마을의 읍장으로 추대되었다. 총독이 러시아와 조선 사람 사이에 최재형만 한 적임자가 없다면서 도헌을 맡아달라고 부탁했고 조선 사람들의 만장일치로 통과된 것이다. 오늘날 우리들은 회사의 상사로부터 '당신만 한 적임자가 없습니다.'라는 말을 듣는다는 것은 최고의 찬사이지만, 실제로 근무처에서 이런 말을 듣기란 여간 쉽지 않다. 업무분장대로 움직이는 시스템에서 나는 언제든 교체 가능한 부속품 취급이나 안 당하는 게 다행인 이 살벌한 자본주의 사회에 들어와 있는 내가 보인다.

그렇다면 최재형은 어떻게 했길래 최고의 적임자라고 불리우며 도헌이 되었을까. 그는 가장 큰 이유를 자신이 교육을 받았기 때문이라고 판단했다. 그래서 그는 한인 마을에 무려 32개의 소학교를 설립하고 가난한 학생들이 공부를 지속할 수 있도록 2천 루블의 후원금도 내고 유학비도 대주었다. 심지어 그가 세운 최초의 조선인학교 니콜라예프스코예 소학교는 연해주 최우수 소학교로 평가받기도 했다.

바로 이 지점에서 최재형이 도헌으로 취임했을 당시의 각오를 주목해본다. '나는 안차혜에 사는 조선 사람 중 단 한 명도 배곯는 사람이 없게 하겠다.' 그랬다. 그는 높은 자리에 올랐을 때의 이익 추구 따위는 안중에 없었다. 오히려 본격적으로 조선 사람들의 삶을 더 낫게 만들 수 있는 창의적 아이디어를 난롯불 열기처럼 활활 지펴올렸다. 그러자 이를 가슴으로 쬐고 받아들인 한인마을 사람들의 제자리걸음형 생계가 놀라우리만치 개선되면서 살기가 좋아지게 되었다. 이처럼 그의 예측대로 적중할 수 있었던 이유는 그가 겪어왔던 폭넓은 안목의 경험과 그가 학교를 통해 받았던 교육 덕분이었던 것이다.

사람에게는 저마다 각성의 순간이 있다. 인생의 전환점이 될 수 있는 강렬한 깨달음이나 충격의 순간이 오면 놀랍게도 낯선 사람처럼 달라진다. 특히 극도의 고통이나 시련은 평범했던 일상에 야생의 기운을 불러일으킨다. 최재형에게는 어떠한 매혹적인 각성이 있었기에 이처럼 '난로'로서의 생을 총에 맞아 쓰러질 때까지 추구할 수 있었을까.

먼저 그는 송 진사댁의 노비였던 아버지에게서 각성이 있었다. 가뭄과 홍수, 그리고 콜레라로 초토화된 경흥 지방의 부잣집 송 진사는 죽어가는 소작인들을 모른 척 했다. 심지어 콜레라에 걸려버린 어머니마저 외딴 산막에 내쳐져서 치료도 받지 못한 채 죽어가는 것을 지켜봐야 했던 아버지가 마침내 소작인들에게 곡간 대문을 활짝 열어버렸다.

곧이어 가족이 도망하여 두만강 건너 러시아의 매서운 바람이 소용돌이치는 들판에 누웠다. "할아버지, 추워서 잠이 오지 않아요." "이리 가까이 오너라. 체온이 난로야." 바로 여기에서 최재형은 별을 세며 난로의 꿈을 꾸게 되었을 것이다.

한편 토굴을 집 삼아 정착한 후 아버지는 최재형에게 학교를 가게 했다. 그때 최재형은 학교에 다니면서 처음으로 세계지도를 보면서 조선이 얼마나 작은 나라인지를 깨달았다. 또한, 지금 자신이 사는 지신허가 러시아 땅 한 귀퉁이에 찍힌 점에 불과하다는 각성을 하게 되었다.

그리고 그는 일찍이 선장 부부를 만나 세계를 두 번이나 돌며 탁월한 경험과 안목을 가진 청년으로 성장할 수 있었다. 상트페테르부르크로에서 러시아를 넓고 강한 대제국으로 만든 표트르 대제를 닮고 싶었던 그는 "나타샤, 저도 표트르 대제처럼 제 운명을 개척하며 살고 싶어요."라고 고백하는 순간 또다시 각성이 반짝였다.

우린 내 자신이, 내가 추구하는 욕망들이 얼마나 난로 속의 톱밥처럼 작은 것인지를 깊이 자각할 때에 비로소 주어진 삶에 대한 예의와 존중, 그리고 개척에의 의지가 타오를 것이다. 우리의 삶은 정말 짧고 보잘것없는 것일까. 우리가 어떻게 사용하느냐에 따라 짧을 수도 길 수도 하찮을 수도 고귀할 수도 있으리라. 그렇다면 61년을 살다 간 최재형의 시간은 어떨까. 그는 지금도 살아 있고 앞으로도 우리의 역사 속 인물로 무궁무진 이어질 것이 틀림없다.

마지막으로 그는 러일전쟁에서의 러시아 패배, 일본의 조선과의 을사늑약을 통한 외교권 박탈, 그리고 일본의 강제 한일합방을 전환점으로 독립운동가로 각성했다. 그는 최대한 뒤에서 독립 자금과 물품을 조달해주는 난로 같은 배경 역할을 자처했다. 무기를 싸게 구입해오고 의병들의 의식주를 제공했다. 신문을 발간하며 독립에의 의지를 부추기는 기사와 소식들을 게재했다. 약손가락을 잘라 그 피로 태극기에 독립이라고 쓰고 온 안중근을 하얼빈에서 이토 히로부미를 저격할 수 있도록 은밀한 배후가 되어주었다. 한인 이주 50주년 기념사업을 성대하게 개최함으로써 한인의 존재를 평화적으로 드러내 보이고자 했고 나아가 흩어진 한인들을 하나로 묶으며 조국의 국권을 되찾

밤이 별빛에 마음을 쬔다

고자 시도했으나 안타깝게도 제1차 세계대전 발발로 무산되고 말았다.

대한민국 임시정부를 구성하면서 최재형은 재무 총장이라는 자리를 제안받았다고 한다. 그러나 그는 지지知止, 즉 자신이 머물러야 할 곳을 제대로 알고 머무를 줄 아는 진정한 리더십을 갖추고 있었다. 그는 파격적인 신분 상승의 자리를 거절하고 그저 조국의 독립을 위해 앞장서는 사람들의 뒤에서 힘이 되어 주고 싶다는 난로의 초심에서 벗어나지 않았다.

존재라는 것은 그 차별화된 가치가 발견되었을 때 비로소 그곳에 존재한다고 한다. 난로로서 다른 어떠한 난로와도 구별되는 최 페치카는 진정 역사의 흐름 속에 필연코 살아 숨 쉬고 있다. 역사를 움직이는 힘은 그 어떤 엄청난 계급투쟁이나 과학 기술에 있는 게 아니라 난로 같은 민초들 삶에의 생명력이 아닐까.

일제의 규율과 감시 속에서 사람들 모두는 빗금 쳐진 자아의 심정이었을 것이다. '타자는 지옥이다.'라는 짧은 문장으로 압축될 것이다. 일본의 극악무도한 욕망이 점령하고 있는 자아는, 자기에게 가장 익숙한 존재이면서도 가장 낯선 존재로 느껴지는 분열적인 실존감으로 혼란해 있는 시기였음에 틀림없다. 그리고 이러한 구조는 오늘날에도 보이지 않는 거대한 손에 의해 여전히 작동되고 있다. 그럴수록 우리들은 뒤늦게 발굴된 최재형이라는 난로의 온기가 아프게 그리워질 것이다.

최 페치카를 쬐면서 밤에 갇혀 있던 내 이름을 녹이며 불러본다.

✦

유관순, 이라는 말 속에는 풀냄새가 난다

"연어, 라는 말속에는 강물 냄새가 난다. (안도현)"라는 문장에 잠시 멈추었습니다.

고쳐 쓰면… "유관순, 이라는 말속에는 풀냄새가 난다."

민초가 일으킨 혁명.

더 이상 초월적 영웅을 기대할 수 없는 세상은 민초가 일으켜야 합니다.

짓밟힌 제목을, 처음부터 주체였을.

어젯밤 삼월 일일, 천안 아우내장터 유관순의 동선을 따라 대한독립만세를 외쳤습니다.

그런데 끊임없이 생각에 맴도는 *퍼스트펭귄*…

만세 외치는 순간 일제의 총칼에 덥썩 잡아먹힐 텐데

과연 그 시절에 나는 제일 먼저 소리낼 수 있었을까. 대한독독…

가… 가… 가면이 필요해….

✦

자유하라, 희망없이

하루 종일 눈이 내리는 날이었다.

쫓겨 다니던 발자국들과 뒤척이던 그림자들을 일일이 포근하게 덮어주고 있다.

눈으로 가득한 이 운동장에서 자유롭게, 야생처럼 실컷 뛰며 뒹굴며 눈싸움하고 싶었다.

그러나 경제활동에 길들여지고, 눈투성이 이후의 후폭풍을 너무 쉽게 알아버린 나.

깨끗한 가면 차림으로 사람들을 만나야 한다. 가면이 얼룩지면 불안해진다.

"날개 달린 사람을 보았는데 그는 천사가 아니었다."(토머스)

나는 꿈틀거리는 날개를 끝내 펴지 못했다.

아니 펼치고 싶지 않았다고 해야 할까.

나는 '자유로부터 도피'하는 게 좋았다.

사회 구조의 틀 안에서 그 권위 혹은 권력과 규율에 순응하는 게

현실적으로 생계의 안정감과 소속감을 얻을 수 있기 때문이다.

자본주의 시장 체제의 거대한 정치-경제-사회라는 톱니바퀴 속에서

나는 한 톱니에 불과한 기계 부속품 같다는 무력감에 종종 불안해한다.

자유롭게 언제든지 갈아 끼울 수 있는,

내가 없어져도 아무런 일이 일어나지 않는…….

가장 놀라운 것은 이러한 자본체제를 만든 건 바로 인간이라는 사실.

그것도 오랜 세월, 무수한 피를 흘려가며 쟁취해낸 자유의 결과물.

그런데 왜 우리는 스스로 노예의 길을 걷는가. 마치 꼭두각시처럼.

어쩌면 꼭두각시가 더 우아한 자유를 누린다.

꼭두각시는 불안이나 불확실성, 의심이나 실패, 고통 따위도 없으리.

우리 인간들은 끊임없이 '선택의 자유'라는 숙명을 떠안고 살아가야 하지만,

꼭두각시는 '선택으로부터의 자유'라는, 결코 인간이 성취할 수 없는 종류의 자유를 누린다.

우린 '자유의지로부터의 자유'를 꿈꿀 수 있어야 한다.

레오파르디는 세상을 더 합리적인 모델대로 새로 만들려는 프로젝트를 '이성의 야만'이라고 불렀다.

"세계화는 자유로운 척하는 언론을, 정의로운 척하는 법원을 필요로 합니다.

세계화는 핵무기, 상비군, 엄격한 이민법을 필요로 합니다.

왜냐하면 세계화란 오직 돈, 상품, 특허, 서비스에 관한 것이지

결코 사람들의 자유로운 이동이나 인권존중에 관한 것도, 인종차별, 화학 및 핵무기,

온실효과와 기후변화에 관한 것도 아니기 때문입니다."(아룬다티 로이)

쌓였던 눈들이 조금씩 제 몸을 호호 녹이며 어디론가 떠나고 있다.

어떤 모양으로도 변화해낼 수 있는 눈, 그 눈부신 자유의 여정이여.

"존재를 가장 보람있게, 가장 즐겁게 누리는 비결은 위험하게 사는 것이다."(니체)

나는 좀 더 위험해지기로 했다. 불확실성과 불안감, 회의와 의심.

이 모든 것도 나의 자유라는 재산 목록에 포함시키기로 했다.

나만의 목소리로 외쳐본다. "자유하라, 희망없이."

✦

세상이 버린 위대한 폐허, 페트라

요르단 고대 유적 도시 '페트라'.

2천 년 전 험악한 기후 사막 한가운데 위치한 협곡의

사암 절벽을 깎아내고 조성한 도시라니!

그것도 떠돌이 유목민 부족 나바테아인들이

기원전 300년 전부터 절벽의 사암 바위를 파고 들어가

여러 개의 사원, 기념비, 제단, 숙소, 연회장이 들어서 있는 거대 도시를 건설했다니.

기막힌 것은 363년 지진 이래 급격히 쇠퇴한 663년부터 천 년 동안

외부세계에 잊혀진 채 잠든 도시로,

1812년 스위스 청년에게 발견되기까지 폐허의 도시였다.

모세가 지팡이를 내리쳐서 물을 흐르게 했다는 이곳.

신비로운가.

미안하지만 나는 절벽과 바위를 파내기 위해

동원되었을, 착취되었을 어마어마한 노동자들의 피를 잔뜩 생각한다.

'비가 내리고 넌 마치 구름이 우는 깃 같다고 말한다… 그 분노,

우리 모두를 악마에게 데려갈 그 절망은 대체 어디서 오는 걸까?'(비/볼라뇨)

'우린 가무잡잡한 한 여자가 절벽을 세우는 것을 보았다….

인자한 패배가 계속 투쟁하는 것의 부질없음을 우리에게 설득시킬 때,

나 너의 눈을 믿으리라.'(그리스 여자/볼라뇨)

✦

문득, 렌트에 대한 생각.

어제, 빗소리 울리는 천막들을 여섯 차례 이동하면서,

급박한 손놀림으로 여섯 차례 무대를 세우고 장치하며 공연하며 철거하며….

완벽히 땀과 비와 나무 냄새로 젖은 몸 싣고 집으로 돌아오는 길.

이렇게 기분 좋을 수도 있구나. 오랜만에 가계를 잊고 포근히 쉬겠구나.

샤워 후, 태풍에 꺾인 나무처럼 누워 두 편의 무료영화를 연달아보았는데

하나는 흑인 백인의 차별, 갈등, 화합에 대하여.

하나는 빈민 거리의 예술가(양성애 · 동성애 · 에이즈)의 삶에 대하여.

그러다 문득, 섬 같았던 '렌트'라는 기표에 내가 머물고 있었다.

그렇지. 우리 몸은 신에게서 빌려온 것이었지.

누군가는 소유주처럼 쓰고 누군가는 전세나 사글세처럼 쓰고

누군가는 바깥처럼 집을 쓰고 누군가는 길바닥에 쓰지.

나, 라는 집은 점점 낡아가지만

집 속에서 자라는 어린 집은 점점 잔뼈가 굵어지고 훤해져서 다행이다.

나는 가끔 물이 새고 얼룩지고 정전도 되곤 하지만

아직은 충분히 고치며 쓸 수 있는 연장통이 있어 다행이다.

그리고 내가 가진 몸에 대해 이러쿵저러쿵 마녀사냥하지는 않으니 그것도 다행이다.

남의 존귀한 집을 제멋대로 혐오하는 행위는 과연 신이 내린 권력인가.

밤이
별빛에
마음을
찐다

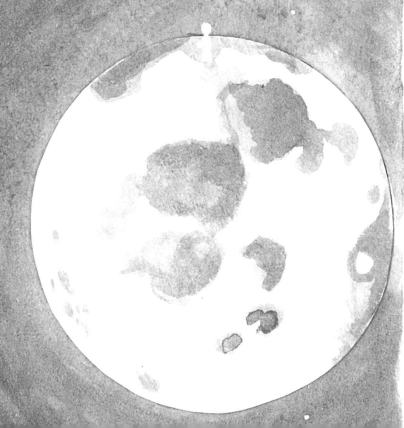

밤이
별빛에
마음을
찐다

김영곤 작품집